„Überwindet Liebe die Angst,
wird Sehnsucht stärker als Verzweiflung sein."

- Jan Dellwisch

Eni Lu

# ONE-WAY-TICKET

SOLANGE DU NEBEN MIR LIEGST

Bibliografische Information der Deutschen Nationalbibliothek:
Die Deutsche Nationalbibliothek verzeichnet diese Publikation in der Deutschen Nationalbibliografie; detaillierte bibliografische Daten sind im Internet über http://dnb.dnb.de abrufbar.

© 2017 Eni Lu

Lektorat/Korrektorat: Lenchen
Foto: masterlu/Shotshop.com
Foto: SolominViktor/Shotshop.com
Cover: Photoshop CC

Herstellung und Verlag:
BoD – Books on Demand, Norderstedt

ISBN: 978-3-743141-89-6

# Inhaltsverzeichnis

| | |
|---|---:|
| **Prolog** | 7 |
| 17. April 2016 | 10 |
| 18. April 2016 | 19 |
| 19. April 2016 | 23 |
| 20. April 2016 | 31 |
| 21. April 2016 | 43 |
| 22. April 2016 | 56 |
| 23. April 2016 | 64 |
| 24. April 2016 | 75 |
| 25. April 2016 | 85 |
| 26. April 2016 | 97 |
| 27. April 2016 | 106 |
| 28. April 2016 | 119 |
| 29. April 2016 | 124 |
| 30. April 2016 | 146 |
| 01. Mai 2016 | 154 |
| 02. Mai 2016 | 159 |
| 03. Mai 2016 | 172 |

| | |
|---|---|
| 04. Mai 2016 | 176 |
| 05. Mai 2016 | 189 |
| 08. Mai 2016 | 192 |
| Epilog | 194 |
| Danksagung | 199 |
| Über die Autorin | 200 |

## Prolog

„Kannst du nicht einfach hierbleiben?", Anna lag ihrer besten Freundin in den Armen und musste sich nach vielen gemeinsamen Jahren von ihr verabschieden. Sie wusste, dass dieser Tag irgendwann kommt, aber sie hätte nie geahnt, dass es Samy so weit verschlägt. Jetzt, wo Samantha achtzehn Jahre alt war, durfte sie endlich auf eigenen Beinen stehen und ihre Tante, von der sie erst seit zwei Jahren wusste, in Amerika besuchen. Sie ist in einem Kinderheim, nicht weit von Anna entfernt aufgewachsen und wusste kaum etwas über ihre Eltern. Nur, dass ihr Vater Amerikaner war und ihre Mutter eine Deutsche.

„Du weißt, dass ich es machen muss! Ich muss meine Tante einfach kennenlernen, außerdem habe ich schon immer von Amerika geträumt. *Wir* haben immer davon geträumt!"

„Und das tue ich auch heute noch, aber was soll ich machen? Ich bin erst siebzehn, meine Eltern erlauben es mir nicht und mein Studium beginnt grade erst. Und jetzt muss ich meine beste Freundin einfach gehen lassen, das ist nicht fair!", sie drückte Samy noch näher an sich und diese erwiderte die feste Umarmung. Schon seit geschlagenen dreißig Minuten verabschiedeten sie sich am Bahnhof, von dem aus Samy mit dem Zug zum Flughafen fahren sollte. Bisher waren sie nie länger als vier Tage voneinander getrennt und jetzt sollten es Monate sein.

„Du kommst mich aber in den Semesterferien besuchen, oder? Dann feiern wir zusammen meinen Geburtstag und holen deinen nach! Bis dahin habe ich bestimmt eine eigene Wohnung und ein paar Kerle an der Angel." Sie zwinkerte ihr zu und setzte ihr schönstes, verheultes Lächeln auf. Ein Lächeln, dass Anna unglaublich vermissen wird. Alles an Samy wird ihr fehlen. Ihre kurzen, abstehenden, grünen Haare, die jeden Monat eine neue knallige Farbe haben. Ihre blauen Augen, die immer ein bisschen zu stark geschminkt sind und ihre leichten Segelohren, die beim Lachen so schön wackeln. Samy war immer die Verrückte, die Mutige. Mit vierzehn Jahren hat sie sich ihr erstes Piercing stechen lassen, mit fünfzehn ihr erstes Tattoo. Sie fällt auf, auch wenn sie nur 1,56 m klein ist. Ihre Figur ist eher knabenhaft, wird aber immer in hautengen, bunten Klamotten präsentiert. Anna dagegen ist unscheinbar, man könnte schon fast von langweilig sprechen. Ihre langen, braunen Haare liegen glatt über ihren Schultern, ihre Augen sind hellbraun, die Nase ist klein und spitz und ihre Lippen sind zu schmal. Sie ist ungefähr einen halben Kopf größer als

Samy, ein bisschen zu dünn, dafür hat sie vollere Brüste und einen kleinen, runden Po. Zusammen sind sie *die* perfekte Mischung. Samy ist die Spannung in Annas Leben, Anna ist die Ruhe ins Samys. Anna war schon immer ihre einzige Konstante, da das Leben im Heim ständig wechselnde Freunde und Bekannte mit sich brachte und alles andere als einfach war. Doch mit ihr an ihrer Seite war alles erträglicher. Sie durfte sogar einmal im Jahr mit Anna und ihren Eltern in den Urlaub fahren, und auch wenn sie es selber nie kennenlernen durfte, wurde ihr dadurch bewusst, was Familie bedeutet.

„Natürlich, ich bleibe auch so lange wie möglich bei dir. Wir haben dann immerhin sieben Monate nachzuholen und ich freue mich schon so sehr auf New York, ich hoffe, du kennst dich bis dahin aus und kannst mir alles zeigen, was…", noch bevor sie weitereden konnte, fuhr der Zug ein. Traurig und angespannt sahen sie sich in die tränenüberfluteten Augen.

„Ich werde dir alles zeigen und du wirst den Urlaub bei mir nie vergessen, das verspreche ich dir!"

Sie drücken sich noch einmal fest aneinander und so schwer es ihnen auch fiel, sie mussten sich das erste Mal für lange Zeit verabschiedeten.

## 17. April 2016

Anna konnte es noch gar nicht fassen: sie war wirklich in New York! Schon als kleines Mädchen hatte sie immer davon geträumt, einmal in der Stadt zu sein, die niemals schläft. Auf der Aussichtsplattform des Empire State Buildings zu stehen, den Times Square entlangzulaufen und im Central Park ein Eis zu essen. Und das alles mit ihrer besten Freundin an der Seite.

„Anni! ANNI! Hier hinten!", Samy stand im hinteren Teil des Wartebereichs und schrie ihr laut entgegen. Auch sie konnte ihre Freude über das Wiedersehen nicht verleugnen und kam Anna jetzt mit offenen Armen entgegengelaufen, um sie sofort in eine lange Umarmung zu ziehen.

„Da bist du ja endlich! Ich warte schon seit zwei Stunden hier und die kamen mir vor wie zehn! Du siehst toll aus, bist du müde vom Flug? Wir fahren jetzt direkt in die WG und bestellen uns eine Pizza, danach..."

„SAMY! Ganz ruhig! Du bist ja vollkommen aufgedreht!"

„Sorry, ich habe schon ein paar Tassen Kaffee intus, ich hatte gestern noch Schicht in der Bar und die wurde länger, als gedacht." Müde wie sie war, gähnte sie laut auf und streckte ihre Arme breit zur Seite aus.

„Aber Koffein wirkt bei mir ja Wunder, wie du weißt. Wie war der Flug?"

„Lang! Sehr, sehr lang! Aber ich bin so froh endlich hier zu sein, ich habe dich so vermisst!", mittlerweile waren sie Arm in Arm auf dem Weg Richtung Taxistand. Samy zog Annas Koffer hinter sich her und Anna hatte ihre Reisetasche geschultert.

„Ich dich auch, du kannst dir nicht vorstellen wie sehr! Auch wenn wir ständig telefoniert haben, dich jetzt endlich wieder bei mir zu haben tut so gut, ich wünschte, du könntest länger als drei Wochen bleiben!", sie fanden ein Taxi und verstauten Annas Gepäck im Kofferraum, setzten sich danach beide auf die Rücksitzbank und Samy nannte dem Taxifahrer ihre Adresse.

„Das wünschte ich auch, aber du kennst meine Eltern, die flippen ja schon nach zwei Tagen ohne mich aus. Wie lange fahren wir eigentlich?"

„Je nach Verkehr sind es ungefähr fünfzig Minuten, aber am späten Nachmittag ist immer viel los, daher haben wir jetzt mindestens eine Stunde Zeit für Sightseeing aus dem Taxi!", lachend ließen sich beide zurückfallen und genossen den Blick auf die Stadt. Samy konnte ihr, dank kleinen Staus, schon viel von New York zeigen und hatte für fast jedes Gebäude eine eigene Geschichte parat. In den letzten Monaten hat sie viel erlebt, ist zu ihrer Tante gezogen, die ihr alles Wichtige gezeigt und sie an das Leben in dieser wundervollen Stadt geführt hat. Sie wohnte drei Monate bei ihr, in denen sie auch Josh, ihren Freund, kennen und lieben lernte. Fast täglich hat sie Anna am Telefon vorgeschwärmt, wie süß und toll er doch ist. Als sie sich zum ersten Mal auf dem Flur des Hauses begegneten, trug sie grade die Einkäufe nach oben in den zweiten Stock. Er tauchte hinter ihr auf, nahm ihr die Tüten ab und trug sie ihr bis in die Küche. Sie war sofort hin und weg und sprach schon da von ‚*Liebe auf den ersten Blick*'. Nach mehreren Dates und treffen im Treppenhaus hat es gefunkt und sie ist sofort in seiner WG eingezogen. Sie befindet sich im vierten Stockwerk und Samy ist unglaublich froh, so nah bei ihrer Tante zu wohnen und sie täglich sehen zu können.

In Jersey City angekommen, bezahlten sie den Taxifahrer und machten sich auf den Weg ins Gebäude. Es dauerte mehrere Minuten, denn mit dem schweren Gepäck und ohne Aufzug war es kein Zuckerschlecken.

„Willkommen in unserem Irrenhaus!"

Sie betraten die Wohnung und Anna fühlte sich sofort wie zu Hause. Sie stellten das Gepäck in den kleinen Flur und Samy zeigte ihr die ganze Wohnung.

„Das erste Zimmer gehört Aiden, er ist Joshs bester Freund seit dem Kindergarten und auch sein Arbeitskollege. Sie wohnen schon seit Jahren zusammen und haben die WG gegründet. Josh wird die nächsten Nächte bei ihm schlafen, damit du bei mir schlafen kannst!"

„Das ist aber nett von beiden, ich möchte aber niemandem zur Last fallen."

„Für die beiden ist das okay, Josh hat es sogar selber vorgeschlagen. Er ist auch schon total gespannt auf dich."

„Ich freue mich auch schon riesig ihn kennenzulernen, immerhin habe ich schon so viel von ihm gehört. Wo ist er eigentlich?"

„Noch auf der Arbeit, die beiden haben heute Spätschicht und sind erst in ungefähr fünf Stunden wieder zu Hause." Sie gingen weiter zur nächsten Tür und Samy öffnete sie.

„Das hier ist unser Badezimmer, nicht sehr groß, aber dafür mit Badewanne und Fenster! Ich habe hier etwas Platz für dich gemacht, du kannst dich aber auch wie früher einfach an meinen Sachen bedienen!", neckend stieß sie Anna mit dem Ellenbogen in die Seite und beide mussten lachen.

„Das nächste Zimmer ist Josh und mein Schlafzimmer, für die nächsten Wochen also auch dein Reich." Sie betraten den nächsten Raum und Anna war sichtlich überrascht. Das Zimmer war geräumig, ein großer Spiegelschrank stand direkt hinter der Tür und das Bett war einladend groß und gemütlich. Auf einer kleinen Kommode standen Fotos von Anna und Samy, Josh, seiner Familie und ein paar wirklich verrückte Kussbilder von Josh und Samy. Durch ein großes Fenster konnte man auf das Nachbargebäude schauen.

„Aidens Blick aus dem Fenster ist etwas schöner als unserer, dafür ist sein Zimmer nicht so groß. Ich würde es dir gerne zeigen, aber selbst ich darf es nur im seltensten Fall betreten. Komm, ich zeig dir unseren Gemeinschaftsraum!" Sie gingen in das Zimmer schräg gegenüber und Anna musste hart schlucken. Der Raum war doppelt so groß wie Samys Schlafzimmer und mit wunderschönen Möbeln ausgestattet. Einer großen Sofalandschaft, einer Bar, mehreren Schränken und einem riesigen Fernseher.

„Habt ihr im Lotto gewonnen?"

„Nein, Joshs Eltern gehört das ganze Gebäude und die Wohnung war schon ausgestattet. Daher bezahlen wir auch nicht den vollen Mietpreis. Sonst könnte sich wohl keiner von uns eine solche Wohnung leisten. Aber wenn dich das schon begeistert hat, dann guck dir erst mal unsere Küche an!", Samy zog Anna aus dem Raum und öffnete die Tür daneben. Eine große, glänzende rote Küche trat zum Vorschein, daneben ein hoher Tisch mit vier Hockern.

„Wow, hier lässt es sich wirklich aushalten."

„Ja, ich koche mittlerweile sogar richtig gerne, aber hier an dem Tisch trinken wir morgens nur unseren Kaffee, gegessen wird immer im Wohnzimmer. Wir sind da sehr bequemlich."

„Ich denke, daran kann ich mich gewöhnen und ich freue mich schon riesig darauf, hier in den nächsten Wochen zusammen mit dir zu kochen! Aber nicht so wie damals. Weißt du noch, als meine Eltern die Feuerwehr rufen wollten, weil unser Nudelauflauf drei Stunden im Backofen war?"

„Ja, obwohl ich mir so sicher war, dass wir den Timer auf 30 Minuten statt auf 30 Stunden eingestellt hatten!", lachend fielen sie sich in die Arme.

„Ich habe dich wirklich vermisst!"

„Ja, ich dich auch!"

Nachdem sie den Koffer ausgepackt und alle Klamotten gut verstaut hatten, bestellten sie sich eine Pizza und quatschten über Gott und die Welt. Anna erzählte von den ersten Wochen ihres Anglistikstudiums, von ihrer kurzen Liebe mit Lukas, die ganze drei Wochen gehalten hat und von dem Kurztrip mit ihren Eltern. Auch, dass Frau Sittlich aus dem Kinderheim in Rente gegangen ist, sie war für Samy immer eine ganz besondere Bezugsperson. Die Zeit verging wie im Flug, und nachdem sie sich in ihren Pyjamas ins Bett gelegt hatten, schliefen sie schnell ein.

„Samy, wach auf! Samy! Samantha!! Wach auf!"

„Was ist denn los?", gähnend fuhr sie sich durch die mittlerweile leuchtend pinken Haare.

„Ich habe irgendwas gehört!", es polterte schon wieder, als hätte jemand etwas runtergeschmissen.

„Okay, lass uns nachgucken gehen. Ich glaube aber, es sind die Jungs! Wie viel Uhr haben wir eigentlich?" „Fast Mitternacht." Sie standen auf und stellten sich vor die Gemeinschaftstür, durch die jetzt ein Grölen zu hören war.

„Anna, mach dich bereit. Du lernst jetzt die größten Idioten der Welt kennen!", schon riss sie die Tür auf, alle schreckten zusammen und drei Männer schauten sie entgeistert an, einer jedoch beachtete sie gar nicht.

„Jetzt ist Anna die erste Nacht hier und ihr lasst sie nicht mal schlafen! So habe ich euch nicht erzogen, Jungs." Alle drei fingen an zu lachen und entschuldigten sich. Ein großer, blonder Mann mit Piercing an der Augenbraue und schönen, blauen Augen stand auf und kam auf uns zu.

„Hallo Anna, schön dich endlich persönlich kennenzulernen. Ich bin Josh und ich denke, du hast schon genauso viel von mir gehört, wie ich von dir!"

Er zog sie in eine Umarmung und er war ihr sofort sympathisch.

„Das da sind Jacob und Nathan, zwei Arbeitskollegen" die beiden Männer auf dem Sofa erhoben sich kurz und gaben Anna die Hand „und das da ist Aiden, mein bester Freund, Arbeitskollege und unser Mitbewohner!" Anna machte auch einen Schritt auf ihn zu, doch er schaute sie noch immer nicht an, sein Blick war starr auf den Fernseher gerichtet. Nach nur wenigen Sekunden war ihr die Situation so unangenehm, dass sie sich rumdrehte und zurück zu Samy ging, die noch mit Josh an der Tür stand. Eine ungemütliche Stille machte sich breit und Samy ergriff das Wort.

„Wir gehen dann mal wieder ins Bett, viel Spaß noch, und seit bitte etwas leiser!", noch bevor Samy sie wegziehen konnte, spürte Anna *seine* Blicke auf sich. Ein komisches Gefühl aus kribbeln, Hitze und Gänsehaut durchzog ihren Körper, dass sie vorher so noch nie gespürt hat. Sie drehte sich um und begegnete seinem Blick. Mit etwas schief gelegtem Kopf sah er sie an. Seine Augen waren dunkelbraun, wirkten aber tiefschwarz, die Nase gerade und spitz, die Lippen voll und geschwungen. Er trug einen Dreitagebart und seine hellbraunen Haare waren wild durcheinander, als wäre er grade erst aufgestanden. Die Schatten unter seinen Augen waren dunkel, er sah unglaublich müde aus. Als er merkte, dass sie den Blick erwiderte, legte sich seine Stirn in Falten, die dunklen, vollen Augenbraun kniff er regelrecht zusammen und er schaute blitzschnell wieder weg. Samy, die von dem Blickaustausch nichts mitbekam, nahm ihre Hand und zog sie zurück ins Schlafzimmer. Sie legten sich ins Bett und kuschelten sich in die Decken.

„Mach dir bitte keinen Kopf, Aiden hat es nicht so mit fremden Menschen."

„Das sah aber eher so aus, als könnte er mich nicht leiden. Bist du dir sicher, dass ich ihm keine Umstände bereite?"

„Ja, ganz sicher. Er hat wirklich nichts dagegen, mach dir keine Gedanken und beachte ihn einfach nicht. Bei mir hat es zwei Monate gedauert, bis er mich mal angesehen, geschweige denn mit mir geredet hat. Ich weiß nicht, warum er so ist, aber Josh hat mir mal gesagt, dass er viel Schlimmes erlebt hat. Er lässt auch keinerlei Nähe zu und erst recht keine Berührungen, er lacht nie. Am Anfang hat er sogar den Raum verlassen, wenn ich reingekommen bin, mittlerweile können wir zusammen auf dem Sofa sitzen, natürlich mit genug Abstand. Also nimm es bitte nicht persönlich, falls er den Raum verlässt, den du grade betrittst." Sie nickte ihr nur zu und Samy schloss ihre Augen. Anna lag noch lange wach und dachte über seinen Blick nach, bis die Müdigkeit siegte.

## 18. April 2016

Anna wachte auf und musste feststellen, dass sie alleine in dem großen Bett lag. Sie streckte sich ausgiebig und sah auf dem Radiowecker, dass es schon fast Mittag war. Da sie in der letzten Nacht kaum schlaf fand und *seinen* Blick nicht aus dem Kopf bekam, war sie noch immer sehr müde und quälte sich aus dem Bett ins Badezimmer. Frisch geduscht und, dank kalter Dusche, etwas wacher ging sie in die Küche, aus der sie Stimmen hörte. Samy und Josh saßen am Tisch und tranken Kaffee.

„Guten Morgen, Bambi! Wie war deine erste Nacht?", Josh stand auf und schenkte ihr einen Kaffee ein.

„Wie hast du mich grade genannt?", mit großen Augen schaute sie Josh an und Samy fing lauthals an zu lachen.

„Jacob und Nathan haben dir gestern einen Spitznamen verpasst, immerhin hattest du ein riesiges Bambi auf deinem Pyjama." Sie dachte kurz an die letzte Nacht und ihr wurde bewusst, dass sie wirklich nur mit einem T-Shirt, auf dem ein Bambi zu sehen war und einer kurzen Shorts vor den Jungs gestanden hat.

„Außerdem sagte Nathan noch, dass du wunderschöne große, rehbraune Augen hast. Also passte der Name einfach perfekt!"

„Anna, du kannst über den Namen glücklich sein! Mich nennen sie nur ,*Zwerg*'!", Samy war noch immer am Lachen und auch Anna stimmte mit ein.

„Na gut, so schlimm ist er ja nicht und mit deinem Namen haben sie nicht ganz unrecht! Was machen wir denn heute?", neckend sah sie Samy an, die ihr in dem Moment die Zunge rausstreckte.

„Josh und Aiden haben die nächsten 4 Tage noch Spätschicht und sind daher am späten Nachmittag immer weg, wie wäre es, wenn ich dir heute etwas von New York zeige? Das Wetter ist ganz gut, es sollen heute ungefähr 14 Grad werden, also perfekt zum Sightseeing und Shoppen!"

„Gerne! Wann geht's los?"

„Von mir aus sofort!", Anna nahm noch einen Schluck von ihrem Kaffee und sprang sofort auf. Aufgeregt, wie ein kleines Kind an Weihnachten, holte sie ihre Tasche, beide Frauen verabschiedeten sich von Josh und verließen das Haus.

Am späten Abend kamen sie vollkommen erschöpft von der Shoppingtour nach Hause. Mit den Händen voller Taschen und einem dicken Grinsen im Gesicht ließen sie sich auf das große Sofa fallen.

„Ich liebe diese Stadt! Können wir das jetzt bitte jeden Tag machen?"

„Liebend gerne, Anni, aber das macht meine Geldbörse nicht mit! Hast du auch so großen Hunger?"

„Und wie, Shopping ist ganz schön anstrengend. Sollen wir was kochen?"

„Gute Idee, dann können die Jungs auch mitessen, sie müssten ungefähr in einer Stunde hier sein."

Nachdem sie all ihre neuen Anziehsachen und Accessoires verstaut hatten und der Kühlschrank durchsucht wurde, entschieden sie sich für Lasagne und Salat. Alles war schnell erledigt und schon nach einer Stunde war die Lasagne im Ofen und die Küche wieder sauber. Mit einem Glas Wein bewaffnet, den Samy irgendwann mal von ihrer Tante bekommen hat, setzten sie sich wieder aufs Sofa und stießen auf den gelungenen Tag an. Nach wenigen Minuten hörten sie, wie sich die Haustüre öffnete und kurz darauf betrat Josh alleine das Wohnzimmer. Die Mädels erzählten ihm von ihrem Tag und Josh erzählte von der Arbeit, so verging die Zeit schnell und die Lasagne konnte serviert werden.

„Ich frage Aiden schnell, ob er auch etwas möchte." Josh ging aus der Küche und schloss die Tür hinter sich.

„Ich fühle mich schlecht, dass er wegen mir nicht mehr aus seinem Zimmer kommt."

„Das musst du nicht, er kommt schon klar. Solange Josh sich keine Sorgen macht, sollten wir das auch nicht tun!", Samy verteilte die Lasagne auf vier Teller und den Salat in vier Schalen. Sie konnte sich schon denken, dass Aiden nicht ‚*nein*‘ sagen wird, immerhin muss er auch etwas essen.

Nach dem Essen, das allen unglaublich gut geschmeckt hat, gingen sie ins Schlafzimmer und unterhielten sich noch lange über alles und jenes. Gegen Mitternacht schliefen beide aneinander gekuschelt ein.

# 19. April 2016

Der Wecker zeigte drei Uhr, als Anna sich umdrehte. Schon seit einer halben Stunde konnte sie nicht mehr schlafen, wälzte sich nur noch hin und her. Da sie wusste, dass an Schlaf die nächsten Stunden nicht mehr zu denken war, stand sie auf, um im Wohnzimmer etwas Fernsehen zu schauen. Nur mit Bambishirt und kurzer Shorts bekleidet, die Haare zu einem Knoten zusammengebunden, drückte sie die Tür auf, trat ein und erstarrte. Aiden saß auf dem Sofa, einen Controller für die Spielekonsole in der Hand, vor ihm eine Flasche Whiskey und mehrere Packungen Tabletten.

„Oh, sorry, ich wusste nicht, dass du ... ich konnte nicht schlafen ... also ... sorry ...", die drehte sich um und wollte grade das Zimmer verlassen, als Aiden sich regte.

„Warte ...", sie erschrak und zuckte zusammen. Immerhin sagte ihr Samy, dass er keine Nähe zuließ und schon gar nicht mit fremden Reden würde. Sie drehte sich langsam um und sah ihn an.

„Du ... kannst hierbleiben." Er schaltete den Fernseher auf das normale Programm um, nahm seine fast leere Flasche und die Tabletten vom Tisch und wollte aufstehen.

„Ich möchte dich nicht verscheuchen, ich gehe wieder zurück ins Schlafzimmer ..."

„Nein, bitte bleib hier. Ich ... wollte nur kurz aufräumen." Er stand auf, stellte die Flasche in den Schrank, legte die Tabletten daneben und kam zurück Richtung Sofa, auf dem Anna schon am äußersten Rand saß. Er schaute sie zum ersten Mal richtig an, drehte seinen Kopf sofort wieder weg und setzte sich auf den Boden, ans Sofa angelehnt. Anna konnte ihm die Anspannung in seinem Körper ansehen und betrachtete ihn genauer. Durch sein enges schwarzes Shirt konnte man die Konturen seines muskulösen, schlanken Körpers erkennen. Sein Gesicht, das Anna nur im Profil sehen konnte, war ernst, angespannt, aber wunderschön und durch die hohen Wangenknochen und den leichten Bartschatten geheimnisvoll. Trotz seiner Unnahbarkeit strahlte er auf Anna eine unglaubliche Vertrautheit aus. Um ihm nicht zu nahe zu kommen, richtete sie ihren Blick auf den Fernseher und versuchte sich auf das Programm zu konzentrieren. Nach einer guten halben Stunde, keiner von beiden hat sich auch nur einen Millimeter bewegt, vielen Anna langsam die Augen zu und sie schlief ein.

Als Anna das nächste Mal aufwachte, konnte sie durch die zugezogenen Vorhänge erkennen, dass es draußen schon hell war. Sie streckte sich und rieb sich die Augen, bevor sie merkte, dass etwas anders war.

Sie lag auf dem Sofa, ihr Kopf auf einem Kissen und über ihr eine Wolldecke. Sie war sich sicher, dass sie so nicht eingeschlafen war und setzte sich ruckartig auf. Jemand muss sie zugedeckt haben, als sie schon am Schlafen war. Als sie zu dem Platz schaute, an dem Aiden zuletzt gesessen hat, sah sie nur ... Füße. Sie beugte sich nach vorne und sah auf einen schlafenden, schönen Mann, der auf der Seite lag, mit gefalteten Händen unter dem Kopf und leise röchelte. Sein Gesicht war jetzt nicht mehr angespannt, sondern weich und er sah zufrieden aus. Sie stand auf und legte die Decke, die kurz zuvor noch sie gewärmt hatte, über Aidens Körper und verließ auf leisen Sohlen das Gemeinschaftszimmer, um sich erst mal einen Kaffee zu kochen.

„Oh, du bist schon wach?", Josh saß an dem Tisch in der Küche, las eine Zeitung und trank dabei einen Kaffee. Anna schaute sich nach einer Uhr um und stellte fest, dass es erst neun Uhr war.

„Ja, ich konnte nicht mehr schlafen und hatte verlangen nach Kaffee. Was lässt dich so früh schon so fit sein?"

„Ich bin gestern sofort eingeschlafen und ich konnte mal durchschlafen, kommt nicht so oft vor." Anna setzte sich, nachdem sie sich eine Tasse Kaffee eingeschenkt hatte, Josh gegenüber und nahm sich einen Teil der Zeitung. Eine lange Zeit saßen sie sich still gegenüber, was keinesfalls unangenehm war, sondern für einen solchen Morgen perfekt. Als die Tür plötzlich aufgerissen wurde, schreckten beide zusammen und Samy fing lauthals an zu lachen.

„Guten Morgen! Habt ihr auch so gut geschlafen wie ich? Ich habe gar nicht mitbekommen, dass du aufgestanden bist!", Samy war die gute Laune in Person und sah in ihrem blauen Nachthemd und den strubbeligen, pinken Haaren unglaublich niedlich aus. Sie gab Josh einen dicken Kuss auf den Mund und kochte neuen Kaffee auf.

„Leider nicht so gut, ich bin voll aus dem Rhythmus."

„Das ändert sich ja hoffentlich in den nächsten Tagen noch! Ich muss heute für ein paar Stunden im Tierheim arbeiten, hast du Lust mich zu begleiten? Du kannst mit ein paar Hunden spazieren gehen, die freuen sich ganz bestimmt! Wenn du nicht willst, kannst du auch so lange bei Josh bleiben!"

„Ich komme gerne mit, die frische Luft bekommt mir sicherlich gut, müsse wir sofort los?"

„Nein, wir machen uns erst in Ruhe fertig und fahren dann, es gibt dort für Aushilfen keine geregelten Arbeitszeiten."

„Gut, ich gehe dann mal Duschen!"

Als Anna geduscht, angezogen und geschminkt aus dem Badezimmer kam, öffnete sich im selben Moment die Wohnzimmertür direkt gegenüber und Aiden kam heraus. Sie erstarrten beide und sahen sich für kurze Zeit in die Augen, sofort durchfuhr sie ein angenehmes, aber auch seltsames Gefühl. Er sah nicht mehr so müde aus, die Schatten unter seinen Augen waren nur noch leicht zu sehen. Keiner von beiden bewegte sich auch nur einen Millimeter, obwohl der Blickkontakt schon abgebrochen war. Anna merkte, wie Aiden sich immer mehr verkrampfte, und durchbrach die Stille.

„Danke, dass du mich heute Nacht zugedeckt hast." Keine Antwort, nur das schnellere Atmen von Aiden war zu hören. Sie sah ihn an, er kniff die Augen fest zusammen und drehte seinen Kopf weg.

„Ich ... gehe dann mal ...", sie drehte sich weg und ging Richtung Schlafzimmer, er bewegte sich in die andere Richtung und verschwand in seinem Zimmer.

Das Wetter war traumhaft, die Sonne schien bei 11 Grad und der Central Park war noch nicht zu voll, als Anna mit gleich drei Hunden aus dem Tierheim spazieren ging. Ihr konnte es kaum besser gehen, wären da nicht die Gedanken an Aiden und den komischen Vorfall am Morgen. Er hatte so verkrampft und verschlossen gewirkt. Auch in der Nacht war er nicht unbedingt offen gewesen, aber doch war die Stimmung anders. Vielleicht lag es am Alkohol? Vielleicht an den Tabletten? Oder machte es die Mischung aus beidem? Sie machte sich noch lange Gedanken darüber, aber im Endeffekt konnte sie nicht sagen, woran es gelegen hat. Auch Josh darauf anzusprechen hielt sie für falsch, immerhin wollte sie sich nicht in Sachen einmischen, die sie eh nichts angingen. Gerade auch, weil sie schon in drei Wochen wieder zurückfliegen würde. Zurück im Tierheim angekommen, brachte sie die drei Rabauken in ihre Zwinger und machte sich dann auch die Suche nach ihrer Freundin.

„Da bist du ja wieder! Na, wie war es?", Samy stand in einem Raum mit 5 Katzen auf einem Stuhl und baute einen Kratzbaum zusammen. Anna nahm sich sofort das entsprechende Werkzeug und ging ihr zur Hand.

„Super, die Hunde sind einfach klasse und der Central Park wunderschön! Wenn du nichts dagegen hast, werde ich beim nächsten Mal wieder mitkommen!"

„Natürlich habe ich nichts dagegen, wir sind immer froh, wenn es Leute gibt, die unsere Hunde beschäftigen. Sie haben es schon schwer genug hier, ein bisschen Abwechslung ist immer gut, ich spreche da aus Erfahrung!", sie zwinkerte Anna zu und hatte damit vollkommen recht. Anna hatte schon von Anfang an vermutet, dass sie sich die Arbeit im Tierheim ausgesucht hat, um

ihre eigene Heimerfahrung zu verarbeiten.
Außerdem hatte sie schon immer ein gutes
Händchen mit Tieren. Sie putzen noch
einige Zwinger, spielten mit den Hunden
und kuschelten die Katzen. Als sie sich am
späten Nachmittag wieder auf den Heimweg
machten, hielten sie noch im Supermarkt
an, um den Einkauf für die ganze Woche zu
erledigen. Zu Hause angekommen räumten
sie alles ein und gingen zu Samys Tante.

Sie war so, wie Samy sie ihr am Telefon
beschrieben hat. Klein, etwas rundlicher
und stets gut gelaunt. Man konnte ihr
ansehen, dass sie unglaublich glücklich
darüber war, das Samy in ihr Leben
getreten ist. Auch sie hatte erst vor wenigen
Jahren erfahren, dass sie eine Nichte hat.
Da Samys Eltern bei einem Unfall ums
Leben kamen, nur kurz nach ihrer Geburt
und ihre Tante leider keinen Kontakt zu
ihrem eigenen Bruder hatte, konnte nie ein
Angehöriger gefunden werden. Erst, als ihre
Tante nach vielen Jahren die Papiere ihres
Bruders geschickt bekam, wurde sie auf
Samy aufmerksam. Eine glückliche Fügung,
wie die beiden es nennen. Sie saßen noch
lange zusammen und erzählten aus ihrer
Kindheit, bis deren Mägen so laut knurrten,
dass sie unbedingt etwas essen mussten.

Sie kochten zusammen, machten sich im
Wohnzimmer über das Essen her und
spülten noch ab, bevor Anna von der
Müdigkeit übermannt wurde. Es war noch

ziemlich früh am Abend, trotzdem legte sie sich hin. Sie wachte nur noch einmal kurz auf, als Samy sich zu ihr ins Bett legte.

## 20. April 2016

Um kurz vor drei Uhr war es vorbei mit dem Schlaf. Ihr Rhythmus war vollkommen hinüber. Noch müde stand sie auf, da das Ganze hin und her wälzen nur Samy aufwecken würde. Wieder nur mit Bambishirt und Shorts bekleidet, dafür diesmal mit offenen Haaren, wollte sie es sich im Wohnzimmer bequem machen. Mit ihrer Decke bewaffnet öffnete sie die Tür und stand schon wieder vor Aiden, der auf dem Sofa saß und eine halb volle Flasche Whiskey, sowie Tablettenschachteln vor sich hatte. Er schaute sie nur kurz an und drehte seinen Kopf wieder zum Fernseher.

„Kannst du wieder nicht schlafen?", seine Stimme war weicher und dunkler als in der letzten Nacht, Anna bekam sofort eine leichte Gänsehaut.

„Nein, ich bin aus dem Rhythmus, wahrscheinlich durch die Zeitumstellung." Noch immer stand sie in der Tür, wusste nicht, was sie tun sollte, da ihr die Situation von dem gestrigen Morgen nicht aus dem Kopf ging. Als hätte er ihre Bedenken gehört, setzte er sich wieder auf den Boden und lehnte sich an das Sofa. Anna setzte sich auf denselben Platz wie die Nacht zuvor und deckte ihre Beine zu, als ihr Blick auf die Tabletten fiel. Es waren fünf verschiedene Sorten Schlaftabletten. Noch bevor sie Näheres darauf erkennen konnte, griff Aiden danach und verstaute sie wieder im Schrank, genau wie den Alkohol.

Sie saßen lange da und schauten in den Fernseher, ohne dass einer von ihnen etwas sagte. Als die Müdigkeit Anna wieder in das Reich der Träume ziehen wollte, legte sie sich hin und kuschelte sich in die Decke. Noch wach, aber mit geschlossenen Augen bemerkte sie, dass auch Aiden sich bewegte. Sie öffnete ihre Augen einen kleinen Spalt und konnte sehen, dass er sich wieder vor sie auf den Boden legte.

„Aiden?", er schreckte hoch und stand sofort panisch auf. Seine fast schwarzen Augen waren weit aufgerissen und er sah sie an, sah ihr genau in die Augen. Als sie aufstand, spannte sich sein ganzer Körper merklich an und er senkte seinen Blick.

„Keine Sorge, ich will nur nicht, dass du wieder auf dem Boden schläfst. Ich gehe zurück ins Schlafzimmer."

„Bitte ... bleib hier. Mir macht das nichts aus, bitte ... bleib einfach!" Sein Blick war noch immer zu Boden gerichtet, seine Miene fast schmerzlich verzogen.

„Okay, aber diesmal schlafe *ich* auf dem Boden!", um gar nicht erst seine Reaktion abzuwarten, nahm sie sich eines der vielen Kissen, legte sich auf den Boden und deckte sich zu. Nach einigen Sekunden sah sie zu ihm auf, er hatte sich noch nicht bewegt, aber schaute sie entsetzt, mit zusammengezogenen Augenbrauen an.

„Das kommt gar nicht infrage!", seine Stimme war fest, aber immer noch müde.

„Das Sofa gehört heute dir."

„Nein!"

„Doch!"

Sie ließ sich nicht beirren und schaute in den Fernseher, beachtete Aiden nicht mehr. Als sie nach ungefähr zehn Minuten wieder zu ihm schaute, stand er noch immer da und sah verzweifelt und müde zu Boden. Sein Körper wirkte nicht mehr angespannt, sondern eher entkräftet.

„Du wirst dich nicht aufs Sofa legen, oder?"

Aiden schüttelte den Kopf. Seufzend stand Anna auf, legte sich auf das Sofa, ließ aber Decke und Kissen vor ihr auf dem Boden liegen. Er ging vorsichtig auf sie zu und nahm Decke und Kissen auf. Sie waren sich jetzt so nah wie nie zuvor, höchstens eine Armlänge voneinander entfernt. Er wollte grade die Decke über Anna legen, als sie ihn unterbrach.

„Komm jetzt bloß nicht auf die Idee mich zuzudecken. Wenn du schon auf dem Boden schläfst, dann wenigstens mit einem Kissen und einer dicken Decke!"

„Ich möchte aber nicht, dass du heute frierst." Wie selbstverständlich deckte er sie zu und legte sich auf den Boden. Anna ließ sich das nicht gefallen und warf das Kissen, sowie die Decke auf ihn, was ihn aufschrecken ließ. Er saß jetzt vor ihr und seine Miene zog sich zu, langsam wurde er sauer.

„Ich habe auch gestern nicht gefroren, mach dir keine Sorgen um mich! Ich nehme die Wolldecke, die reicht mir."

„Du hast gestern gezittert, auch mit Wolldecke! Sie wird nicht reichen!"

Er stand auf, nahm ihr die Wolldecke aus der Hand und deckte sie wieder mit ihrer dicken Decke zu, auch das Kissen legte er neben ihren Kopf. Wieder auf dem Boden liegend, deckte er sich mit der Wolldecke zu und faltete die Hände unter den Kopf. Anna wusste nicht, warum sie dieses Spiel überhaupt mitmachte. Sie hätte auch einfach gehen können, aber irgendwas in seinem Blick und in seiner Stimme befahlen ihr, zu bleiben. Auch die Nähe zu ihm gefiel ihr besser, als gut für sie war. Er hatte etwas Besonderes an sich, etwas, dass Anna nicht loslassen wollte.

„Aiden?", über das Sofa gelehnt, sah sie zu ihm runter. Er hatte seine Augen geschlossen und sah zufrieden aus, ein leises Röcheln war zu vernehmen. Er schlief bereits.

Als sie aufwachte, weil sie dringend auf die Toilette musste, stieg sie über den noch schlafenden Aiden und ging ins Bad. Das Duschradio zeigte die Zeit an und es war noch viel zu früh, aber nochmals schlafen legen wollte sie sich auch nicht. Immerhin gab es genügend Kaffee und eine kalte Dusche sollte auch helfen. Noch mit nassen Haaren, da sie mit dem Föhn niemanden aufwecken wollte, ging sie in die Küche und setzte Kaffee auf. Kurz darauf betrat auch Josh die Küche, mit wild abstehenden Haaren und Schlaffalten im Gesicht.

„Guten Morgen, Bambi! Schon wieder so früh wach?"

„Hey, frag nicht. Kaffee?"

„Ja, gerne! Ist Samy noch am Schlafen?"

„Ich denke schon, ich konnte heute Nacht nicht mehr schlafen und bin ins Wohnzimmer gegangen, da bin ich dann eingeschlafen. Ich glaube, das habe ich noch dem Jetlag zu verdanken, dass ich…"

„DU HAST WAS? Wo ist Aiden? Er war heute Nacht nicht in seinem Zimmer!", Josh sprang auf und Anna konnte ihn im letzten Moment bremsen.

„Er liegt im Wohnzimmer, also er lag noch da, als ich aufgestanden bin. Was ist denn los?"

„Ihr habt in einem Raum geschlafen?", Josh starrte Anna verwirrt an.

„Ja, davor die Nacht auch schon." Josh fuhr sich durch die Haare, die jetzt noch strubbeliger waren, und schaute sie mit großen Augen an.

„Du verstehst das jetzt vielleicht nicht, aber für Aiden ist es schon schwer mit mir, seinem besten Freund, in einem Raum zu schlafen." Er stürmte aus der Küche und Anna sah ihm verwirrt hinterher. Für sie sah es in der Nacht nicht so aus, als würde es ihm schwerfallen, immerhin hat er sie gebeten zu bleiben. Sie stand auf, schenkte sich noch einen Kaffee ein, als Josh wieder zurück in die Küche kam.

„Er schläft! Er schläft tief und fest! Und du hast wirklich die letzten zwei Nächte neben ihm gelegen?"

„Nicht neben ihm, eher über ihm." Josh stand mit offenem Mund vor ihr und erst jetzt bemerkte sie, was sie grade gesagt hatte.

„Nein, oh Gott, ich meine … ich lag auf dem Sofa und er auf dem Boden!" Sie vergrub ihr Gesicht in den Händen und schüttelte lachend den Kopf. Auch Josh musste schmunzeln und setzte sich wieder zu ihr.

„Hast du in den Nächten denn irgendetwas bemerkt? Irgendwelche Geräusche, Bewegungen oder Ähnliches?"

„Nein, nichts. Ich habe aber auch geschlafen wie ein Stein. Was hätte ich denn hören sollen?"

„Nichts, schon gut. Hat er denn auch mit dir geredet?"

„Ja, wir haben sogar gestern etwas gestritten." Bei dem Gedanken musste sie grinsen, im Nachhinein fand sie sein Verhalten ziemlich süß.

„Ich kann das nicht glauben. Er ist nicht so. Nie!"

„Keine Ahnung, ob du etwas davon weißt, aber es lagen ziemlich viele Sorten Schlaftabletten vor ihm und eine Flasche Whiskey. Vielleicht lag es daran?"

„Nein, das glaube ich nicht. Er kann, trotz seines Schlafcocktails, nie richtig schlafen und erst recht nicht, wenn noch jemand im Zimmer ist. Habt ihr euch auch ... angefasst?" Nun war es Anna, die ihre Augen aufriss.

„Nein, er hat mich nur zugedeckt, aber ohne mich dabei zu berühren. Was hat er denn ...", noch bevor sie weitersprechen konnte, schrie jemand auf und Josh rannte sofort los. Erschrocken nahm Anna die Verfolgung auf und stand kurze Zeit später im Wohnzimmer, wo sie sehen musste, wie Aiden sich auf dem Boden hin und her wälzte, dabei immer wieder ‚nein' und ‚hört auf' schrie. Sein ganzer Körper war angespannt, seine Hände zu Fäusten geballt. Josh beugte sich über ihn und fing an ihn wachzurütteln.

„Aiden! AIDEN! Aufwachen! Du hast einen Traum! Das ist nicht real, wach auf!", Aiden riss seine Augen auf, setzte sich schreckhaft auf und Tränen liefen ihm über die Wange. Sein Atem ging schwer und seine Brust bewegte sich unkontrolliert auf und ab.

„Geht's wieder?", Joshs Hand lag auf seiner Schulter und Aiden nickte ihm entgegen. Er hatte Anna noch nicht bemerkt, da er mit dem Rücken zu ihr saß. Aiden strich mit der Hand über sein Gesicht und rieb sich die Augen.

„War das heute das erste Mal?" fragend sah er Josh an.

„Ja, genau wie gestern. Und ich glaube, ich weiß auch, woran es liegt!", Josh zeigte hinter Aiden auf Anna, die noch im Türrahmen stand und versuchte, die ganze Situation zu verstehen. Aiden drehte sich zu ihr und schaute sie erschrocken an. Er stand auf und ging zügig an ihr vorbei, den Blick dabei gesenkt. Sie sah ihm noch hinterher, bis er in seinem Zimmer verschwand.

„Was ist denn hier los?", Samy kam verschlafen aus dem Schlafzimmer und gähnte.

„Das wüsste ich auch gerne!", Anna und Samy sahen fragend zu Josh.

„Aiden hatte wieder einen Traum. Samy, wie wäre es, wenn du Anna bei einem Kaffee darüber aufklärst? Ich gehe ihm lieber mal hinterher!" Samy nickte und gab Anna zu verstehen, dass sie ihr in die Küche folgen sollte.

„Eigentlich hätten wir dir das am Anfang schon sagen sollen, aber wir sind davon ausgegangen, dass du nichts davon mitbekommen wirst!" Samy schenkte Anna und ihr einen Kaffee ein und setzte sich zu ihr an den Tisch.

„Das Aiden früher Schlimmes erlebt hat, habe ich dir ja schon gesagt. Ich weiß auch nichts Genaueres darüber, nur, dass er davon schlimme Albträume hat. Jede Nacht schreit er, krampft, weint oder schlägt um sich, mehrmals. Er weiß am nächsten Morgen nichts davon, aber Josh steht jedes Mal auf, um ihn zu beruhigen. Das geht schon so, seit Aiden mit dreizehn bei Josh und seiner Familie eingezogen ist. Auch Therapien helfen nichts, Aiden spricht, wenn überhaupt, nur mit Josh darüber. Er braucht jeden Abend Tabletten und Alkohol, um überhaupt ein wenig Schlaf zu finden. Gestern ist es passiert, als du duschen warst. Josh sagte, dass er sonst die ganze Nacht nichts von Aiden gehört hat. Keine Ahnung warum."

„Josh meinte, dass es vielleicht an mir liegen könnte ...", sie erklärte Samy, was die letzten zwei Nächte passiert war, ließ dabei kein Detail aus und stoppte nur kurz, als Josh in die Küche kam, um zwei Tassen Kaffee zu holen.

„Wow, dann scheint es ja wirklich an dir zu liegen. Ich habe ihn gestern nur ganz kurz gesehen, aber mir ist schon da aufgefallen, dass er besser aussah als sonst. Irgendwie ... nicht mehr so müde."

„Darf ich dich um einen Gefallen bitten?"
„Natürlich!"
„Ich möchte, dass Josh wieder bei dir schläft und Aiden sein Zimmer

zurückbekommt. Mir macht es wirklich nichts aus auf dem Sofa zu schlafen, ich möchte nur einfach, dass alles wieder so ist, wie vor meiner Anreise. Wenn ich im Wohnzimmer störe, kann ich mir auch ein Hotel nehmen, ich möchte nur niemandem zur Last fallen!"

„Das kommt gar nicht infrage! Du bleibst bei uns und du fällst auch keinem zur Last! Wir können das gerne so machen, dass du im Wohnzimmer schläfst, aber dann musst du uns abends aushalten, da nur Aiden noch einen Fernseher in seinem Zimmer hat!"

„Ich würde doch sonst eh bei euch sitzen, also kein Problem!", Samy stand auf und umarmte Anna, die sie sofort näher an sich zog.

„Ich bin so froh, dass du hier bist und du tust nicht nur mir gut, sondern auch den anderen beiden Chaoten! Ich gehe jetzt duschen und danach könnte ich dir noch etwas mehr von New York zeigen, was hältst du davon?"

„Eine sehr gute Idee!" Samy löste sich aus der Umarmung, trank ihren zweiten Kaffee leer und ging aus der Küche. Endlich hatte Anna Zeit, sich über alles Gedanken zu machen. Am Telefon hatte Samy ihr Mal gesagt, dass Josh 22 Jahre alt ist und Aiden ein Jahr jünger. Was muss dieser Mann in seinem Leben schon durchgemacht haben, dass es ihn nach Jahren noch in seinen

Träumen verfolgt? Sie konnte sich kein Bild davon machen, da sie selber in einer Seifenblase aufgewachsen ist, in der immer alles rosarot war.

„Hey, kann ich kurz mit dir reden?", Josh stand in der Tür und Anna nickte ihm zu, bedeutete ihm, sich zu ihr zu setzen.

„Hat Samy dir alles erzählt?"

„Ich denke schon …"

„Gut. Ich weiß, wir hätten es dir früher sagen müssen, aber wer konnte ahnen, dass es so kommen wird? Ich sollte extra bei ihm schlafen, damit ich sofort bei ihm bin und ihn beruhigen kann, aber da ich immer früher eingeschlafen bin als er, ist er ins Wohnzimmer gegangen, um mich nicht zu stören. Jedenfalls, ihm ist das alles sehr peinlich und ich soll mich in seinem Namen bei dir entschuldigen, er wollte dich nicht erschrecken."

„Entschuldigen? Er muss sich bei mir für nichts entschuldigen! Wenn dann muss ich das tun, immerhin bin ich dir hinterhergegangen. Ich habe auch eben schon mit Samy darüber gesprochen, dass ich ab heute im Wohnzimmer schlafen möchte. Du kannst bei ihr sein und Aiden hat sein Zimmer wieder. Ich glaube, dass wird das Beste für alle sein. Hast du etwas dagegen?"

„Absolut nicht, ich freue mich, wenn ich wieder bei Samy schlafen kann, wenn du verstehst, was ich meine …", er zog eine

Augenbraue nach oben und zwinkerte ihr zu, was Anna schmunzeln ließ, „von mir aus gerne! Wo ist Samy überhaupt?"

„Sie wollte grade duschen gehen!"

„Wenn das so ist, gehe ich ihr Mal schnell hinterher, natürlich nur um Wasser zu sparen!", wieder zwinkerte er ihr zu und verließ lachend die Küche. Die beiden passten einfach toll zusammen und Anna war beruhigt, dass sie ab heute wieder ein bisschen mehr Zweisamkeit hatten.

Nach einer anstrengenden Tour durch New York, ließen sich die Mädels auf das große Sofa neben Josh fallen und mussten erst mal durchatmen. Den ganzen Tag, mit kleineren Unterbrechungen zwecks Nahrungsaufnahme, liefen sie durch die Stadt und sahen sich alles an, was auf Annas Liste stand. Das hatte sie den ganzen Tag gekostet und so kamen sie erst so spät nach Hause, dass die Jungs trotz Spätschicht noch vor ihnen da waren. Kurz vor Mitternacht verabschiedeten sich Samy und Josh ins Bett und Anna holte ihre Bettwäsche hinter dem Sofa hervor. Nachdem sie noch im Bad war und ihren Pyjama angezogen hatte, legte sie eine DVD ein und kuschelte sich unter ihre Decke. Schon nach nur wenigen Minuten schlief sie ein.

## 21. April 2016

Schreie. Laute, qualvolle Schreie ließen sie aufschrecken. Schnelle Schritte und eine knallende Zimmertür. Der Fernseher war noch an und das DVD-Zeichen sprang von einer Ecke zur anderen. Immer hin und her. Hatte sie das grade nur geträumt? Alles war still und der Fernseher erhellte den Raum. Sie rieb sich die Augen und schaute zur Uhr, sie hatte nur zwei Stunden geschlafen. Wieder wurde eine Tür geschlossen, diesmal etwas sanfter. Sie hatte also nicht geträumt. Ein Klopfen ließ sie zusammenschrecken und kurz darauf wurde die Tür geöffnet. Josh kam rein und sah sie mitleidig an.

„Tut mir leid, falls ich dich geweckt habe, aber ich muss kurz etwas aus dem Schrank holen." Er ging auf den besagten Schrank zu und nahm mehrere Packungen Tabletten raus.

„Keine Sorge, du hast mich nicht geweckt. Hatte Aiden wieder schlechte Träume?"

„Ja, leider. Sie waren wohl ziemlich heftig, er nimmt selten noch Tabletten nach und normalerweise lasse ich das auch nicht zu."

„Warum bringst du ihm sie dann? Das kann doch nicht gesund sein! Kann man denn nichts gegen die Albträume machen?"

„Ich bringe sie ihm, weil er sonst gar nicht mehr einschlafen wird, aus Angst, dass du etwas mitbekommen könntest. Und ändern kann man an den Träumen leider nichts. Naja ... *wir* können nichts daran ändern. Was dich allerdings betrifft ...", Anna hob die Hand und Josh verstummte sofort.

„Er will nicht mehr schlafen, weil er Angst hat, dass ich etwas mitbekomme?"

„Ja, da ist es mir lieber, dass er noch ein paar Tabletten nimmt, als dass er sich die ganze Nacht wachhält."

„Und du denkst wirklich, dass ich etwas an seinen Albträumen ändern kann?"

„In den letzten zwei Nächten hatte er keinen Einzigen, erst, als du nicht mehr bei ihm warst. Das ist in all den Jahren noch nie vorgekommen. Er schaut dich an, spricht mit dir, bittet dich bei ihm zu bleiben. Glaub mir, Bambi, es muss an dir liegen!", ob es an dem Schlafentzug, der Uhrzeit, an Joshs Worten oder an der Tatsache, dass ihr die Nähe zu Aiden irgendwie fehlte, lag; sie hatte einen Entschluss gefasst. Sie stand auf, packte sich ihre Bettwäsche, nahm Josh die Tabletten aus der Hand und ging zu Aidens Zimmer.

„Nein, Anna. Geh nicht rein. Er wird ...", Joshs Einwände kamen zu spät, sie hatte die Tür schon geöffnet.

„Josh, ich werde nicht mehr schlafen, da helfen auch keine Ta ...", Aiden, der mit angezogenen Beinen und davor verschränkten Armen auf seinem Bett saß, verstummte, als er nicht Josh, sondern Anna in der Tür stehen sah.

„Keine Sorge, ich bin nicht hier, um dir die Tabletten zu geben." Sie legte die Tabletten auf den Schreibtisch rechts von ihr, ging auf das große Bett zu und legte sich genau davor. Sie schaute noch zu Josh, der schmunzelnd in der Tür stand, und lächelte ihn an. Er verstand sofort, machte das Licht aus und schloss die Tür. Das Zimmer wurde nur noch durch den Fernseher beleuchtet, grade genug, um Umrisse zu erkennen. Es bestand aus dem großen, sehr gemütlich aussehenden Bett, der Fernseher hing an der Wand gegenüber. Neben der Tür befand sich ein Schreibtisch mit Drehstuhl, dann gab es noch einen großen Schrank und eine kleine Kommode. Das Zimmer gefiel ihr sofort, es hatte Ähnlichkeit mit ihrem in Deutschland.

„Ich möchte nicht, dass du hier schläfst. Also ... auf dem Boden."

„Ich wollte letzte Nacht auch nicht, dass du auf dem Boden schläfst und du hast es trotzdem getan."

„Können wir bitte tauschen?"

„Nein!"

„Anna?"

„Ja?"

„Ich werde so nicht schlafen."

Anna dachte kurz darüber nach, was sie jetzt tun sollte. Sie hatte drei Möglichkeiten.

Erstens: sie blieb liegen und er würde kein Auge zumachen, da war sie sich sicher.

Zweitens: sie tauschte mit ihm die Plätze und würde ihn damit aus seinem eigenen Bett vertreiben.

Drittens: sie legte sich zu ihm ins Bett und hofft, dass er nicht an sofortigem Herzversagen stirbt.

Die Entscheidung war schwierig, aber sie musste es drauf ankommen lassen. Entschlossen stand sie auf, nahm ihre Decke und das Kissen, schmiss alles auf das Bett und legte sich an den äußersten Rand. Mit großen Augen verfolgte Aiden ihr tun und war im Begriff aufzustehen.

„Stopp! Wage es nicht, dich jetzt auf den Boden zu legen!" Sie drehte ihm den Rücken zu und hoffte, dass er sich einfach neben sie legen würde. Ihr Herz raste wie wild und in ihrem Körper kribbelte es. Sie spürte, wie Aiden seine Decke anhob und sich darunterlegte.

„Soll ich den Fernseher ausschallten?", seine Stimme klang unsicher.

„Wenn du nicht mehr gucken willst, gerne. Ich bin sehr müde." Er schaltete den Fernseher aus und das Zimmer wurde in Dunkelheit getränkt. Sie schlummerte schnell weg und nahm das geflüsterte *‚Danke, Bambi'* nicht mehr war.

„Anni?", ein leichtes Rütteln und Flüstern weckte Anna auf. Als sie ihre Augen öffnete, kniete Samy vor ihr.

„Guten Morgen, Süße. Ich wollte dir nur Bescheid sagen, dass ich jetzt ins Tierheim gehe. Josh wollte auch mitgehen; kommt ihr klar?", Anna nickte ihr zu und lächelte sie an.

„Bleib noch ein bisschen liegen und schlaf dich aus." Sie gab ihr einen Kuss auf die Stirn und ging aus dem Zimmer. Anna streckte sich und gähnte auf. Sie lag noch in derselben Position, in der sie auch eingeschlafen war. Durch das Licht, das durch die Vorhänge schien, war das Zimmer nicht mehr ganz so dunkel. Langsam und vorsichtig drehte sie sich um und sah in ein wunderschönes, schlafendes Gesicht. Sie sah ihn eine ganze Zeit lang einfach nur an. Schon vorher war ihr aufgefallen, dass er hübsch ist, aber zum ersten Mal konnte sie seine wahre Schönheit bewundern. Er würde sich bestimmt gut als Model machen. Auch sein Oberkörper, der nur halb von der Bettdecke verdeckt wurde, sah in dem weißen T-Shirt unglaublich gut aus. Als seine Augenbrauen sich zusammenzogen und sein Mund sich zu einem Gähnen formte, nahm Anna wieder ein bisschen mehr Abstand, sie wollte ihn nicht erschrecken, falls er aufwacht. Schon kurz danach öffnete er vorsichtig seine Augen und rieb sie sich sofort.

„Guten Morgen!", Anna flüsterte schon fast, trotzdem zuckte Aiden leicht zusammen. Er sah sie an und Anna war sich sicher, dass sie ein kleines, ganz kurzes Lächeln vernehmen konnte.

„Hast du gut geschlafen?", auch wenn sie nicht wusste, ob sie eine Antwort bekam, ein Versuch war es wert. Er sah ihr in die Augen und sein Körper entspannte sich.

„Ich glaube, ich habe in meinem Leben noch nie besser geschlafen!" Seine Mundwinkel zuckten und an seinen Augen bildeten sich kleine Fältchen. Wenn Anna dachte, er sah eben schon wunderschön aus, dann wurde sie jetzt eines Besseren belehrt. Sie selber konnte ein Lächeln nicht mehr zurückhalten und strahlte von einem Ohr zum anderen.

„Ich hoffe, du hast auch gut geschlafen?"

„Besser als nur gut!", Anna stand auf und öffnete die Vorhänge, der Blick aus Aidens Fenster war wirklich unglaublich schön, man konnte den kleinen Park am Ende der Straße sehen. Sie sah in Aidens Richtung, aber er lag nicht mehr im Bett, sondern stand schräg hinter ihr und sah mit seinen grauen Shorts, dem weißen T-Shirt und den wilden Haaren verdammt sexy aus.

„Willst ... du zuerst ins Bad?", sein Blick war wieder zu Boden gerichtet. Sie ging einen Schritt auf ihn zu und stand direkt vor ihm, so nah wie noch nie. Er war so groß, sie reichte ihm lediglich bis zum Kinn und musste daher, auch mit einem Meter Abstand, zu ihm hochschauen.

„Geh du zuerst, ich setze uns Kaffee auf!", sie schenkte ihm noch ein Lächeln und ging dann an ihm vorbei, gegenüber in die Küche. Nach gut einer Dreiviertelstunde, Anna hatte bereits zwei Kaffee intus und Pancakes gebacken, kam Aiden frisch geduscht aus dem Bad, nahm sich eine Tasse und setzte sich vor sie.

„Hast du Hunger? Wir haben zwar schon fast Mittag, aber ich finde, Pancakes kann man immer essen!", sie stopfte sich noch ein Stück von besagtem in den Mund und sah ihn fragend an. Seine Mundwinkel zuckten wieder leicht nach oben.

„Pancakes sind mein Lieblingsessen!", noch nicht ganz ausgesprochen, griff er zu und biss genüsslich rein. Es war keine Unsicherheit, keine Angst und auch keine Panik zu spüren, es fühlte sich an wie ein ganz normales Frühstück.

„Darf ich dir eine Frage stellen?", Anna wurde schon mutiger, was hatte sie auch zu verlieren?

„Natürlich."

„Hattest du heute Nacht … naja, du weißt schon … Albträume?"

„Ja, bevor du da warst. Ich kann mich aber im Normalfall nicht daran erinnern, also, wenn du nichts gehört hast … hatte ich wohl keine mehr!"

„Das ist gut." Er nickte und sie frühstückten im Stillen zu Ende. Nachdem sie zusammen abgespült hatten, standen sie im Flur und Anna durchbrach die anhaltende Stille.

„Ich gehe jetzt Duschen, vielleicht ... sehen wir uns danach ja noch!", sie strich sich eine Strähne hinters Ohr und lächelte ihn schüchtern an. Da er sie nur mit leicht geöffnetem Mund anschaute, drehte sie sich um und ging ins Bad.

Geduscht, frisch rasiert und endlich richtig fit ging sie in Samy und Joshs Schlafzimmer, um sich ein Buch aus ihrem Koffer zu holen. Mit einem Tee, einer Wolldecke und dem Liebesroman bewaffnet, setzte sie sich im Wohnzimmer auf die Fensterbank und wollte so die Zeit überbrücken, bis Samy wiederkam.

Als die Mädels am Abend auf dem Sofa saßen und Anna mit dem Erzählen der Nacht- und Tageserlebnisse fertig war, nahmen sie sich das Fotoalbum, das sie zusammen in Deutschland erstellt hatte.

„Vermisst du Deutschland manchmal?"

„Absolut nicht. Dich vermisse ich unendlich, aber ich möchte hier nie wieder weg. Josh ist hier, die Arbeit im Tierheim und auch in der Bar macht mir unglaublich viel Spaß, meine Tante wohnt hier. Außerdem habe ich die Hoffnung noch nicht aufgegeben, dass du irgendwann auch hier hinziehst. Weißt du noch, wie wir damals immer hiervon geträumt haben? Zusammen in dieser Stadt?"

„Ja und am liebsten würde ich hierbleiben."

„Dann tu es einfach! Dein Studium kannst du auch hier beenden!"

„Das würden meine Eltern nie erlauben, das weißt du ganz genau. Oh Gott, wenn sie wüssten, dass ich heute, nach erst fünf Tagen, mit einem Mann in ein und demselben Bett geschlafen habe, sie würden vollkommen ausrasten!", sie vergrub ihr Gesicht in ihre Hände und fing lauthals an zu lachen. Samy stieg sofort mit ein und fasste sich theatralisch an die Brust.

„Das kleine, unerfahrene, brave Mädchen entwickelt sich zu einem sexbesessenen Monster!"

„So ist das nicht und das weißt du auch! Er kann halt nur gut schlafen, wenn ich bei ihm bin und ... ich irgendwie auch. Aber mehr ist da nicht!"

„Du glaubst doch nicht wirklich, dass ich dir das abnehme?"

„Du hast ja keine Ahnung!", Anna ließ sich nach hinten in die Kissen fallen und seufzte laut auf.

„Liebesschnulze und Eis?"

„Perfekt!", Samy sprang auf und kam mit einer großen Schüssel Eis und zwei Löffeln wieder. Sie schauten sich einen Film an, vergossen mehrere Tränen und schliefen gemeinsam auf dem Sofa ein.

Ein lautes Klirren ließ Anna aufschrecken. Sie schaute sich um und sah Aiden, der auf dem Boden hockte und Glasscherben einsammelte. Er sah zu ihr hoch und seine Miene verspannte sich.

„Entschuldigung, ich wollte dich nicht wecken!"

„Schon okay, was ist passiert?"

„Ich wollte mir die Flasche nehmen und sie ist mir aus der Hand gerutscht." Anna schaute auf den Tisch, dort lagen wieder Tablettenschachteln und fünf unterschiedliche, lose Tabletten. Sie deckte sich auf, stand auf und hockte sich neben Aiden, um ihm zu helfen.

„Hast du mich zugedeckt?"

„Ja."

„Wo sind Samy und Josh?"

„In ihrem Zimmer."

„Und warum habt ihr mich nicht geweckt?"

„Warum sollten wir das tun? Josh hat den Zwerg auch nicht geweckt, er hat sie ins Schlafzimmer getragen." Über den Spitznamen musste Anna kurz schmunzeln. Sie war wirklich winzig.

„Hattest du denn vor mich zu wecken, wenn du ins Bett gehst?"

„Nein." Ein wenig enttäuscht über seine Aussage, ging sie in die Küche und holte einen Lappen. Schweigend wischten sie den

Boden sauber und setzten sich wieder auf das Sofa.

„Ich hätte dich nicht geweckt, weil ich nicht ... ins Bett gegangen wäre."

„Wie meinst du das?", verwirrt sah sie ihn an.

„Ich hätte dann auch hier geschlafen." Er stand auf, ging an den Schrank, holte sich eine neue Flasche raus und spülte mit einem großen Schluck alle Tabletten auf einmal runter. Sein Gesicht verzog sich zu einer Fratze, er setzte die Flasche wieder an und trank sie in einem Zug halb leer. Anna beobachtete ihn dabei und man konnte ihm ansehen, dass ihm das Zeug nicht schmeckte. Es diente nur zum Zweck.

„Wie lange machst du das schon, also mit den Tabletten und dem Alkohol?"

„Viel zu lange!" Anna konnte spüren, dass Aiden abblockte, und wollte nicht weiter darauf eingehen. Sie stand auf, ging ins Bad und zog sich um. Als sie wieder rauskam, stand Aiden vor ihr.

„Würdest du heute Nacht wieder bei mir schlafen?", die Frage kam so schnell und unerwartet, dass Anna ihn nur entgeistert ansah. Sie schaute zu ihm hoch, genau in seine Augen und er unterbrach den Blickkontakt nicht, wurde aber sichtlich nervöser.

„Ja, das ... hatte ich ehrlich gesagt vor." Etwas beschämt lächelte sie ihn an und auch er hob seine Mundwinkel ein wenig.

„Ich gehe noch schnell ins Bad." Da Anna nicht wusste, ob sie alleine sein Zimmer betreten durfte, wartete sie davor auf ihn. Nach wenigen Minuten kam er in grauen Shorts und schwarzem T-Shirt aus dem Bad und sah sie fragend an.

„Was ist?"

„Warum gehst du nicht rein?"

„Ich wusste nicht, ob du etwas dagegen hast!"

„Habe ich nicht, du darfst mein Zimmer jederzeit betreten." Sie öffnete daraufhin die Tür und schaltete das Licht an, Aiden ging zu dem Fenster und zog die Vorhänge zu. Anna ließ sich mit einem lauten Seufzer auf das riesige Bett fallen und rutschte sofort bis an den äußeren Rand.

„Sollen wir noch einen Film gucken oder bist du schon müde?", sie fragte, während sie sich unter die warme Decke kuschelte.

„Können wir machen!"

Aiden legte sich, mit viel Abstand, neben sie und schaltete den Fernseher ein. Es lief eine Komödie und Anna bat ihn, diese auch dran zu lassen. Eine gute halbe Stunde verging, in der Anna mehrmals lachen musste, der Film war sehr lustig. Aiden hingegen lachte nie, er lächelte noch nicht einmal, was Anna stutzen ließ. Samy hatte das zwar mal erwähnt, aber, wenn man etwas Lustiges sieht, dann muss man auch lachen. Das ist immerhin menschlich veranlagt.

„Aiden? Warum lachst du nie?" Er schaute sie von der Seite an und legte seine Stirn in Falten, die dunklen, vollen Augenbrauen wurden wieder zusammengekniffen. Am liebsten hätte Anna sie mit dem Finger wieder auseinander gestupst.

„Ich weiß es nicht, ich habe es wohl verlernt."

„Manchmal sieht es so aus, als würdest du versuchen zu lächeln. Dann zucken deine Mundwinkel nach oben und deine Augen leuchten auf. Das steht dir übrigens echt gut, solltest du öfter machen." Sie lächelte ihn mit offenem Mund an und wartete seine Reaktion ab. Er schaute wieder zurück zum Fernseher, aber sie konnte erkennen, wie sich sein Mund wieder leicht nach oben formte.

„Das ist übrigens auch neu!" Glücklich über seine Antwort drehte Anna sich auf den Rücken und schloss die Augen. Auch Aiden schlief, zum ersten Mal seit vielen Jahren, mit einem Lächeln auf dem Gesicht ein.

## 22. April 2016

Gähnend öffnete sie ihre Augen und blickte genau in seine. Sie lagen beide auf der Seite, der Abstand zwischen ihnen hatte sich etwas verringert.

„Guten Morgen!", er flüsterte ihr entgegen.

„Guten Morgen. Bist du schon lange wach?"

„Ein paar Minuten erst. Hast du gut geschlafen?"

„Sehr gut, und du?"

„Noch nie besser!", da war es wieder, seine Mundwinkel zuckten und an seinen Augen bildeten sich kleine Lachfalten. Anna ließ sich sofort davon anstecken und grinste ihm entgegen, ihr Körper fing an zu kribbeln. Der schöne, einzigartige Moment wurde durch ein leises Klopfen unterbrochen, kurz darauf öffnete sich die Tür und zwei Köpfe schauten durch den Spalt.

„Seid ihr schon wach?", da beide zur Tür schauten, hätte Samy sich die Frage auch sparen können.

„Wonach sieht es denn aus?", Anna schmunzelte bei ihren Worten und auch Josh packte sich an den Kopf, schüttelte diesen und ergriff dann das Wort.

„Wir haben Frühstück gemacht, also, wenn ihr Hunger habt, kommt doch zu uns!"

Anna schaute zu Aiden und dieser antwortete mit ‚*gerne!*', was Samy und Josh erstaunen ließ.

Nachdem sich beide, natürlich nacheinander, im Bad umgezogen hatten, ließen sie sich das Frühstück schmecken und Samy plante den Tag. Sie hatten sich für eine Schiffstour nach Liberty Island entschieden, da auf Annas Liste die Freiheitsstatue noch nicht abgehakt war, genauso wie das Empire State Building, dass sie sich aber an einem anderen Tag ansehen wollten. Mit dicker Jacke und festem Schuhwerk stand sie schon im Flur, als Josh und Samy dazukamen.
„Können wir dann los?"
„Sollen wir nicht noch auf Aiden warten?"
„Sorry, Bambi, aber Aiden verlässt das Haus nur gemeinsam mit mir zum Arbeiten. Er wird nicht mitkommen." Auch wenn sie damit gerechnet hatte, wünschte sie sich doch, dass er sie begleiten würde.

Da Josh die nächsten drei Tage freihatte, konnten sie den Tag vollkommen ausnutzen und gingen nach der Schiffsfahrt noch in ein Wachsmuseum. Wieder zuhause angekommen, klopfte Anna sofort an Aidens Tür und trat kurz danach ein. Er saß auf seinem Bett und hatte ein Buch in der Hand, was er sofort weglegte, als er sie sah. Seine Miene wurde auf einen Schlag freundlicher und er schien froh zu sein, dass sie wieder da war.

„Na, wie war euer Ausflug?"

„Einfach großartig! Die Freiheitsstatue ist der Wahnsinn und wir waren danach noch in einem Wachsfigurenkabinett, auf dem Schiff ist mir zwar ein bisschen schlecht geworden, aber auch das war toll!", schwärmend ließ sie sich neben ihn ins Bett fallen, das sie ihm dabei ziemlich nahekam, merkte sie nicht und erzählte einfach weiter von ihrem Tag. Verträumt sah sie ihn an und merkte, wie verspannt er war.

„Oh, sorry, ich wollte dir nicht zu nahe ...", sie setzte sich etwas auf und wollte Abstand nehmen, als er sie stoppte.

„Das ist es nicht, bei dir macht mir Nähe irgendwie nichts aus, ich ... genieße sie sogar. Ich wäre nur gerne dabei gewesen." Anna ließ sich wieder nach hinten fallen.

„Warum bist du denn nicht einfach mitgekommen?"

„Weil ich nicht kann ..."

„Willst du mir sagen, warum nicht?", Aidens Körper verspannte sich immer mehr und seine Hände ballten sich zu Fäusten. Seine Augen waren geschlossen und sein Atem ging schneller.

„Hey, du musst nicht, wenn du nicht willst ...", sie fasste mit einer Hand um sein Handgelenk und streichelte mit dem Daumen über seinen Handrücken, „... entspann dich!" Aiden zuckte bei der

Berührung auf, nahm aber seine Hand nicht weg, sondern entspannte sich merklich. Er öffnete die Augen und sah sie an, als sein Atem sich wieder beruhigte und seine Hände sich öffneten. Sie bewegte ihre Hand weiter nach oben, bis sie in seiner großen Handfläche verschwand, und packte etwas fester zu; auch er verstärkte den Druck. Jede Stelle, an der sich beide berührten, kribbelte noch nach. Erschrocken, weil die Tür aufgerissen wurde, ließen sie sich los und Josh bekam nichts von all dem mit.

„Sollen wir a ... störe ich?", er hob eine Augenbraue und grinste schelmisch.

„Nein, alles gut. Was gibt's?"

„Ich wollte fragen, ob wir auslosen sollen, wer heute kocht oder ob ihr euch direkt freiwillig meldet? Samy und ich hätten da noch was zu tun ... im Schlafzimmer ... wenn ihr wisst, was ich ...", Anna unterbrach ihn und stand auf.

„Schon gut, wir wollen gar nicht mehr wissen. Seit aber bitte nicht zu laut, sonst vergeht mir der Hunger!", neckisch boxte sie ihm gegen die breite Schulter und er streckte ihr die Zunge raus. Josh rannte ins Wohnzimmer, Anna hörte Samys Jubelrufe, Schritte und dann eine sich schließende Tür. Sie drehte sich lachend zu Aiden um, der mittlerweile auch aufgestanden war.

„Hilfst du mir beim Kochen?"

„Klar, lass uns anfangen!"

Sie gingen in die Küche und bereiteten alles für die selbst gemachte Pizza vor. Aiden kümmerte sich um den Belag und die Soße, Anna machte den Teig. Sie nahm eine Packung Mehl aus dem Schrank und versuchte angestrengt diese aufzureißen, es funktionierte nicht. Mit mehr Kraft hob sie die Packung an, als sie plötzlich aufriss und das Mehl sich auf ihrem Gesicht, in ihren Haaren, sowie ihrem kompletten Oberkörper verteilte. Aiden schaute natürlich genau in dieser Sekunde zu ihr und prustete laut los. Auch, wenn es nur von kurzer Dauer war, Anna war von seinem dunklen, harmonischen Lachen fasziniert. Sein Lächeln war breit und offen, seine Zähne strahlend weiß und seine Augen funkelten. Beide, gleichermaßen erschrocken, schauten sich an und verstanden erst nicht, was gerade passiert war.

„Dein Ernst? *Jetzt* lachst du??", gespielt sauer stemmte sie die Arme in die Hüften und sah ihn schmunzelnd an.

„Sorry, aber der Anblick war einfach zu schön!", als er anfing zu schmunzeln, nahm Anna die aufgerissene Packung Mehl, stellte sich vor ihn auf die Zehenspitzen und leerte sie blitzschnell über seinem Kopf.

„Du hast gerade einen Krieg begonnen, den du nicht gewinnen kannst!", Aiden nahm sich die Schüssel mit dem Mais und bewarf sie damit, Anna rannte zum Tisch und bewaffnete sich mit geriebenem Käse. Sie jagten sich durch die geräumige Küche, schrien, lachten und bewarfen sich. Als Aiden ganz nah vor ihr stand, in jeder Hand ein Ei und diese über ihrem Kopf hielt, hob Anna ihre Hände.

„Okay, ich ergebe mich. Du hast gewonnen!", schwer atmend standen sie da und sahen sich tief in die Augen. Sie kamen sich immer näher, berührten sich schon fast, als plötzlich Josh und Samy, nur in Unterwäsche, vor ihnen standen.

„Was ist denn hier passiert?", vor Schreck ließ Aiden die Eier fallen, direkt vor Annas Füße und beide fingen wieder an zu lachen.

„Oh mein Gott! Aiden! Du lachst!", Josh stürmte auf Aiden zu und klopfte ihm zwei Mal hart auf den Rücken. Auch Samy schlug sich die Hände vor den Mund, ihre Augen waren tränenüberflutet. Anna ging zu ihr und nahm sie in den Arm.

„Anni, ich habe es schon immer gewusst, aber du bist wirklich ein Engel!", sie schluchzten auf und auch Josh hatte mit den Tränen zu kämpfen. Als alle sich wieder etwas beruhigt hatten, meldete sich Samy zu Wort.

„Ich schätze mal, wir bestellen lieber eine Pizza, habe ich recht?", alle stimmten dem zu und setzten es in die Tat um. Als Josh und Samy wieder im Schlafzimmer verschwanden, griff Aiden nach dem Besen und fing an, die Küche sauber zu machen.

Auch Anna nahm sich einen Lappen und wischte über den Tisch.

„Von mir aus kannst du duschen gehen, ich mache das schon!", verwirrt schaute sie zu Aiden, der sie mit liebevoller Miene ansah.

„Niemals, immerhin sind meine Superkräfte für die Sauerei verantwortlich." Wieder lachten sie gemeinsam und so ging das Putzen auch schnell vorüber. Nachdem beide frisch geduscht waren und auch die zwei Turteltauben aus dem Schlafzimmer kamen, setzten sie sich, alle in Pyjama, ins Wohnzimmer, legten eine DVD ein und aßen gemeinsam Pizza.

Nach dem Film wünschten sich alle eine gute Nacht und verließen das Wohnzimmer, nur Aiden ging noch mal zurück. Als Anna ihrer Neugierde nachgab, sah sie, wie Aiden grade die Tabletten in den Mund nehmen wollte, um sie dann wieder mit Whiskey runterzuspülen.

„Warte!", sie ging auf ihn zu und er stoppte seine Bewegung.

„Würdest du mir den Gefallen tun und heute darauf verzichten?"

„Anna, ich würde dir jeden Gefallen tun, aber ich weiß nicht was passiert, wenn ich ohne einschlafe ... wenn ich überhaupt einschlafen kann."

„Bitte, lass es uns versuchen! Wenn es nicht funktioniert, kannst du immer noch welche nehmen!", flehend sah sie zu ihm auf

und er konnte ihr einfach keinen Wunsch abschlagen.
„Na gut, aber du musst mir versprechen, dass du dich sofort von mir entfernst und Josh Bescheid sagst, falls etwas sein sollte! Wenn ich dich irgendwie verletze, könnte ich mir das nie verzeihen." Sie nickte, nahm ihm die Tabletten und die Flasche aus der Hand, legte sie in den Schrank und ging mit Aiden ins Schlafzimmer. Sie beschlossen beide noch etwas zu lesen, also nahm sich Aiden sein Buch, knipste die Nachttischlampe an und legte sich hin. Anna stand noch vor seinem Regal, um sich ein neues Buch auszusuchen. Als sie eins fand, was ihr zusagte, legte sie sich neben Aiden und achtete gar nicht mehr auf genug Abstand. Sie kuschelte sich unter die Decke und fing an zu lesen, bis sie irgendwann darüber einschlief.

## 23. April 2016

Die Vibrationen der Matratze ließen sie wach werden. Sie öffnete die Augen und konnte im schwachen Mondschein erkennen, dass Aiden zitterte. Sein ganzer Körper schüttelte sich und seine Hände waren zu Fäusten geballt, seine Atmung völlig außer Kontrolle. Anna stand unter Schock und wusste nicht, was sie tun sollte. Musste sie jetzt schon Josh Bescheid sagen? Hätte sie ihn doch nur nicht um den Gefallen gebeten!

Sie stützte sich etwas ab, beugte sich zu ihm rüber und sah ihn genauer an. Schweiß stand ihm auf der Stirn und seine Lippen bebten. Sie legte ihre freie Hand an seine Wange und streichelte mit ihrem Daumen darüber.

„Aiden, alles wird gut, ich bin bei dir!", mit ihrem Worten versuchte sie ihn zu beruhigen und es funktionierte sofort. Sein Körper entspannte sich, dass Zittern hörte auf und er schlief ruhig weiter. Für Anna war an Schlaf nicht mehr zu denken, also knipste sie die Nachttischlampe an und nahm sich ihr Buch.

Ungefähr eine Stunde später, Anna war leicht eingeschlummert, fing das ganze Spiel von vorne an. Wieder war sie auf einen Schlag wach und rutschte näher an ihn ran.

„Shhhh, ganz ruhig, ich bin hier!", diesmal nahm sie seine Hand, die neben ihrem Kopf lag und streichelte sanft darüber. Er entspannte sich und schlief ruhig weiter, wie auch schon beim ersten Mal. Sie begutachtete seine große Hand, die sie noch immer streichelte, und verschränkte ihre Finger mit seinen. Die Müdigkeit siegte und sie kuschelte sich in ihr Kissen, ohne ihre Hand von seiner zu lösen.

Als sie die Augen öffnete, blickte sie wieder genau in seine und musste sofort lächeln. Sie lagen sehr nah aneinander, nur ihre noch immer ineinander verschränkten Hände lagen zwischen ihren Köpfen. Aus Angst, ihm könnte diese Nähe Unbehagen bereiten, wollte sie ihre Hand lösen und etwas abrücken, aber Aiden erhöhte den Druck und sein Blick bat sie, genauso zu bleiben.

„Ist heute Nacht irgendetwas ... passiert?", in seinem Gesicht stand Panik, er hatte Angst vor der Antwort und er schluckte hart.

„Ja, du hast zweimal angefangen zu zittern, aber das konnte ich schnell unter Kontrolle bringen!", sie nickte zu ihren Händen und grinste ihn an.

„Das war es?"

„Ja, mehr ist nicht passiert."

Mehrere Minuten lagen sie einfach nur nebeneinander und grinsten sich an, bis sie entschieden aufzustehen.

Als Anna in die Küche gehen wollte, hing an der Tür ein Zettel.

*Guten Morgen ihr Schlafmützen! Wir sind unten bei Tante Kate, kommt vorbei, wenn ihr wach seid! Sie kocht heute spontan für uns!*

„Ist das Okay für dich?", vorsichtig fragte Anna nach; immerhin wusste sie nicht, ob er mitgehen wollte.

„Ich denke schon, ich war noch nie bei ihr, aber wir können es ja mal ausprobieren!", er grinste sie an und sie konnte nicht anders, als ihn ebenso anzulächeln. Am liebsten hätte sie ihn berührt, doch das traute sie sich nicht.

Da es schon fast Mittag war, beeilten sich beide im Bad und gingen runter zu Samys Tante. Vor der Tür angekommen, merkte Anna, wie Aiden sich verspannte, und griff automatisch nach seiner Hand, um ihn zu beruhigen. Erschrocken schaute er sie an, doch er erwiderte den Druck und sein Körper entspannte sich. Als sich die Tür öffnete, stand Kate vor ihnen und zog Anna in eine Umarmung. Da Samy und Josh sie darauf vorbereitet hatten, Aiden nicht anzufassen, stellte sie sich ihm nur vor und bat ihn herein. Sie mussten ihre Hände lösen und gingen in den Essbereich, wo Samy und Josh schon an einem großen, runden Tisch saßen.

„Wir haben schon gedacht, ihr schafft es gar nicht mehr zum Essen! Habt ihr so lange geschlafen?"

„Ja, wir haben gestern noch lange gelesen!", Anna schaute zu Aiden und er nickte ihr mit zuckenden Mundwinkeln zu.

„Kinder, setzt euch! Ich hoffe, ihr habt Hunger!"

Das Essen verlief gut, alle hatten viel Spaß und sogar Aiden lächelte ein paar Mal. Am Abend, als sie zurück in ihrer Wohnung waren, ließen sich alle vier vollgefressen auf das Sofa fallen. Da Kate sich spontan überlegt hatte, noch einen Kuchen zu backen, hielten sie sich etwas länger als geplant bei ihr auf.

„Was sollen wir denn heute noch machen?", Josh sah fragend in die Runde.

„Ich weiß es nicht, ich habe das Gefühl, das ich sofort platze, wenn ich aufstehe!", alle lachten über Samys Kommentar und stimmten ihr zu.

„Wie wäre es mit einer DVD und danach, falls wir jemals wieder aufstehen können, ein paar Spiele? Es regnet sowieso schon den ganzen Tag, also müssen wir uns hier drinnen beschäftigen!", Annas Vorschlag wurde jubelnd angenommen, und da sie bei Schnick-Schnack-Schnuck verloren hat, musste sie aufstehen, um einen Film auszusuchen.

„Was haltet ihr von dem hier?", sie hielt die Hülle eines Actionfilms nach oben und Josh verneinte. Auch die nächsten fünf Filme wurden von ihm abgelehnt.

„Mir fällt grade ein, das Nathan mir letztens ein paar Filme mitgegeben hat. Ich hole sie kurz!", als Aiden aus dem Zimmer verschwand, räumte Anna die Filme ein und setzte sich wieder hin.

„Schade, den letzten, den ich euch gezeigt habe, hätte ich gerne geguckt. Habt ihr sie alle schon gesehen?"

„Das ist es nicht. Aiden, er ... er guckt nicht gerne Actionfilme. Alle Filme, die da im Schrank stehen, gehören mir und ich gucke sie nur, wenn er nicht dabei ist." Bevor sie ihn fragen konnte, warum das so ist, stand Aiden wieder in der Tür und hatte mehrere Filme zur Auswahl dabei. Sie entschieden sich für einen Liebesfilm und machten es sich gemütlich. Samy und Josh lagen eng umschlungen da, Anna und Aiden saßen nebeneinander, ihre Hände lagen keine fünf Zentimeter voneinander entfernt. Der Drang, einfach seine Hand zu nehmen war so groß, trotzdem konnte sie es nicht.

Der Film war nicht sehr anspruchsvoll, die Story aber gut. Es ging um eine Frau, die sich nicht zwischen zwei Männern entscheiden konnte. Einer der Männer war Polizist und ein richtig mieser Kerl. Als es am Ende des Films zum großen Showdown kam, zog der Polizist seine Waffe und zielte auf seinen Konkurrenten, Aidens Körper verspannte sich sofort. In dem Moment sprang Josh auf, griff nach der Fernbedienung, aber es war zu spät.

Es fielen zwei Schüsse. Aiden zog seine Beine an den Körper, krallte beide Hände in sein Haar und zitterte am ganzen Leib, sein Gesicht war schmerzverzerrt und gesenkt. Grade wollte sie sich ihm nähern, als Josh sie zurückhielt.

„Anna, du darfst ihn jetzt auf keinen Fall anfassen. Nimm am besten ein wenig Abstand!", sie ging zu Samy, die sie sofort in den Arm nahm. Josh stürmte aus dem Zimmer und kam schon nach wenigen Sekunden wieder, in der rechten Hand eine Spritze. Aidens Atmung erhöhte sich im Sekundentakt, er Hyperventilierte.

„Warte! Was hast du vor? Was ist das?", Anna löste sich aus Samys Umarmung und ging zu Josh.

„Das ist ein Beruhigungsmittel, er verträgt es nicht sonderlich gut, aber er wird sonst gleich kollabieren! Glaub mir, es ist das Einzige, was hilft!"

„Nein, lass es mich versuchen! Bitte!"

„Anna, er hat damals meine Mutter so feste von sich geschubst, dass sie eine Gehirnerschütterung davontrug. Er lässt sich von niemandem anfassen, nicht mal von mir!", er ging noch einen Schritt auf

Aiden zu und Anna hielt ihn am Oberarm fest.

„Von mir lässt er sich anfassen! Ich erkläre dir alles später, aber jetzt haben wir keine Zeit mehr! Vertrau mir, bitte!", sie flehte ihn an und konnte in seinem Blick erkennen, wie er mit sich selbst haderte.

„Er wird es sich nie verzeihen können, wenn er dich verletzt!"

„Das wird er nicht!", er schaute sie noch mehrere Sekunden an, nickte ihr zu und ging zu der weinenden Samy, um sie in den Arm zu nehmen.

Anna kniete sich vor Aiden, der noch immer in Embryonalstellung auf dem Sofa saß und am ganzen Körper zitterte, seine Hände krallten sich so feste in sein Haar, dass seine Knöchel weiß hervortraten.

„Aiden, ich bin bei dir, alles ist gut ...", sie legte ihre Hände auf seine Knie und drückte sie leicht runter, um ihn aus der verkrampften Position zu befreien, „... entspann dich, ich bin hier!"

Seine Füße berührten den Boden und Anna stand langsam auf, um sich dann vorsichtig rittlings auf seinen Schoß zu setzen. Sie umfasste seine Handgelenke und seine Hände entspannten sich so weit, dass sie diese von seinem Kopf nehmen konnte, er zitterte kaum noch. Mit zwei Fingern und leichtem Druck hob sie sein Kinn an. Er hatte die Augen fest zusammengekniffen, seine Miene war noch immer schmerzverzerrt.

„Schau mich an, ich bin genau vor dir, alles wird gut!", er öffnete langsam seine Augen und sah sie an. Sie legte eine Hand an seine Wange, strich mit dem Daumen eine Träne weg und versuchte sich an einem beruhigenden Lächeln.

„So ist es gut ...", sie atmete tief durch und lehnte sich etwas nach vorne. Auch er bewegte sich endlich und legte seine Hände vorsichtig auf ihren Rücken, zog sie noch etwas näher an sich ran, sodass er seinen Kopf an ihre Schulter lehnen konnte. Sie legte ihre Arme um seinen Hals und erwiderte die Umarmung, die beide jetzt so dringend brauchten. Sie bekamen nicht mit, dass Samy und Josh den Raum verließen, waren in ihrer eigenen kleinen Welt, in der sie nichts Anderes brauchten, als die Nähe zueinander. Anna streichelte mit ihren Fingern sanft an seinem Rücken auf und ab, genoss seinen warmen Atem, der beim Ausatmen ihren Hals streifte. Alles war still, nur ein geflüstertes *‚Danke'* war zu vernehmen.

Als sie das Öffnen der Tür vernahmen, lösten sie sich etwas voneinander. Ob es Minuten oder Stunden waren, in denen sie so dagesessen hatten, sie konnten es nicht einschätzen und es war ihnen auch egal.

„Hey, ich wollte nur kurz nachschauen, ob bei euch alles Okay ist?", Josh sah besorgt aus und man konnte ihm ansehen, dass er geweint hatte. Sie schauten sich an, sahen dann beide zurück zu Josh und nickten. Man konnte ihm seine Erleichterung anmerken und auch Anna fiel ein großer Stein vom Herzen. Aiden räusperte sich und setzte zum Sprechen an.

„Tut mir leid, wenn ich euch den Abend versaut habe ...", Josh und auch Anna wollten ihn grade unterbrechen, als er die Hand hob, „... nein, wartet! Ich will nicht von euch hören, dass ich das nicht habe. Ich weiß selber, wie nervig das ist, und wollte mich bei euch bedanken, für einfach ... alles!", Josh saß mittlerweile neben ihnen auf dem Sofa und auch Samy kam jetzt dazu.

„Bro, du musst dich für nichts bedanken! Wir sind immer für dich da, egal was ist!", er nahm Samy in den Arm und beide nickten ihm zu. Aiden sah zu Anna, die noch immer auf seinem Schoß saß, die Hände an seinen Schultern. Er musste nichts zu ihr sagen, denn sie verstand ihn auch so.

„Ist es okay, wenn ich euch morgen alles erkläre?", sie sah fragend zu Samy und Josh und sie verstanden sofort.

„Natürlich! Wir legen uns jetzt auch hin, der Tag war anstrengend genug. Schlaft gut, wir sehen uns morgen beim Frühstück!", sie verließen das Wohnzimmer, Anna und Aiden taten es ihnen gleich, und nachdem sie sich gemeinsam im Badezimmer die Zähne geputzt hatte, gingen sie ins Bett. Sie lagen sich, wie in jeder Nacht, gegenüber und sahen sich an. Bis jetzt hatte keiner von ihnen ein Wort gesagt.

„Möchtest du heute keine Tabletten nehmen?"

„Nein, ich glaube nicht."

„Das finde ich gut." Sie lächelte ihn an, er erwiderte es für einen kurzen Augenblick, schien dann aber etwas nervöser zu werden.

„Mich hat schon seit ich zwölf Jahre alt war niemand mehr ... umarmt. Joshs Mutter hat es mal versucht ... sie ..."

„Ich weiß, Josh hat es mir eben erzählt." Dankend sah er sie an und sprach dann weiter.

„Ich habe es nie zugelassen, selbst bei Josh nicht. Aber seit du hier bist, wünsche ich mir nichts sehnlicher, als dich fest an mich zu drücken und dich nie wieder loszulassen. Normalerweise brauche ich in so einem Fall eine Beruhigungsspritze und mindestens drei Tage, damit ich wieder klarkomme, aber als du mich eben angelächelt hast, wusste ich, dass alles gut wird. Es war, als wäre nichts gewesen. Ich stecke seit Jahren in dieser Dunkelheit fest, dann kommst du in mein Leben und alles leuchtet in den hellsten Farben. Ich habe so etwas noch nie gefühlt ... ich weiß auch nicht ... du bist einfach ... ich glaube, ich habe mich ...",

Aiden schloss die Augen und drehte sich seufzend auf den Rücken. Er wusste nicht, wie er es sagen sollte. Anna wusste, worauf er hinauswollte, denn sie fühlte dasselbe. Sie rutschte zu ihm rüber, kuschelte sich an ihn, legte ihren Kopf auf seine Brust, den linken Arm um seinen Bauch und flüsterte ihm *‚ich mich auch in dich, Aiden!'* zu. Als hätte er die ganze Zeit über die Luft angehalten, atmete er laut aus, schloss seine Arme um ihren kleinen Körper, gab ihr einen Kuss auf den Scheitel und beide schliefen lächelnd ein.

## 24. April 2016

Ausgeschlafen streckte sich Anna und kuschelte sich sofort wieder an die warme, bequeme Brust. Sie konnte Aidens Herzschlag hören und spüren, gleichmäßig und beruhigend. Seine Arme hielten sie noch immer fest umschlungen und er kraulte ihr den Rücken.

„Aiden? Bist du wach?", noch mit geschlossenen Augen flüsterte sie die Worte.

„Ja, schon etwas länger." Er küsste ihren Scheitel und sie konnte seiner Stimme anhören, dass er lächelte.

„Wie hast du geschlafen?", nun sah sie zu ihm auf und musste wieder erstaunt feststellen, wie schön er war. Ihre Köpfe trennten nur wenige Zentimeter, aber keiner von beiden empfand die Nähe als unangenehm. Sie konnten sich nicht nah genug sein.

„Auch, wenn ich das jeden Morgen sage, aber ich habe noch nie besser geschlafen und fühle mich richtig ... gut." Seinen Mund zierte ein bezauberndes Lächeln, welches so ansteckend war, dass auch Anna grinsen musste. Sie sahen sich lange Zeit einfach nur an, bis sie sich automatisch immer näherkamen. Mit dem Blick auf seine wunderschönen, vollen Lippen streckte sie ihren Hals und legte ihre Hand an seine Wange. Beider Atem beschleunigte sich und

Aiden schluckte hörbar laut, auch für ihn war das alles neu. Wie in Zeitlupe berührten sich ihre Lippen, sanft und gefühlvoll.

Vorsichtig tasteten sie sich aneinander ran, bewegten sich kaum und genossen nur den Moment. Jede Zelle in Annas Körpers kribbelte, all ihre Sinne waren geschärft. Sie fühlte seinen Bart, der an ihrer Hand leicht kratzte, nahm seinen ganz besonderen Duft, nach Aftershave und einfach Aiden viel stärker war. Sie sah Farben, obwohl ihre Augen geschlossen waren, hörte seinen Atem und schmeckte seine Lippen. Ein Feuerwerk der Gefühle breitete sich in ihr aus und sie konnte nicht genug davon bekommen, würde es immer wieder zünden wollen. Als er seine Hand in ihren Nacken legte und diesen sanft umgriff, intensivierten sie den Kuss und Anna öffnete ihre Lippen. Zart und vorsichtig berührten sich ihre Zungen, jeder Nerv kribbelte und ein warmes Gefühl durchzog ihre Körper. Noch nie wurde sie so geküsst, es war nicht ihr erster Kuss, doch mit Sicherheit der gefühlvollste, den sie jemals bekommen sollte. Als sie sich voneinander lösten und die Augen öffneten, sahen sie sich fassungslos an. Auch ihn erstaunte die Intensivität des Kusses, die Gefühle und das Kribbeln, dass auch er fühlte.

„Aiden, das war …"

„… unglaublich!", er nahm ihr die Worte aus dem Mund und beide fingen an zu grinsen.

„Ich hätte mir meinen ersten Kuss nicht schöner vorstellen können!", sanft streichelte er über ihr Haar, als sie ihn entgeistert ansah.

„Das war dein erster Kuss?"

„Ja, ich war damals so jung, als … naja, ich … hatte danach immer nur Josh um mich." Beschämt wollte er seinen Kopf wegdrehen, doch Anna ließ ihm nicht die Chance und zog ihn näher zu sich, presste ihre Lippen auf seine. Noch etwas überrumpelt, legte er seine Arme um ihren Körper und erwiderte den Kuss, der, anders als der Erste, nicht mehr so vorsichtig war. Mehrere Minuten vergingen, in denen sie sich nur von ihren Lippen führen ließen.

„Aiden, dir muss vor mir niemals etwas peinlich sein!", sie lächelte ihn beruhigend an und auch sein Gesicht erhellte sich. Er gab ihr einen Kuss auf die Stirn und zog sie in eine feste Umarmung, ganz nah an seinen Körper.

„Anna, was mir damals passiert ist … nur Josh weiß über alles Bescheid, aber ich weiß, dass ich es dir auch erzählen muss … ich habe nur so Angst, dass du dich von mir entfernen wirst …", tränen sammelten sich in seinen Augen und Anna unterbrach ihn.

„Du musst es nicht tun! Rede mit mir darüber, wenn du es möchtest, aber fühl dich nicht dazu gezwungen! Und egal, was es ist, ich werde mich niemals von dir entfernen, das verspreche ich dir!", er nickte ihr zu und gab ihr einen sanften, vorsichtigen Kuss auf die Lippen, der sie zum Lächeln brachte. Als im nächsten Moment Annas Bauch knurrte, fingen beide an zu lachen.

„Wie wäre es, wenn wir aufstehen und etwas frühstücken, Bambi?"

„Bambi? BAMBI? Hast du mich wirklich grade *so* genannt?", gespielt sauer boxte sie ihn gegen die Brust, was ihn schmunzeln ließ. Er zog sie einfach zurück in seine Arme und Anna hatte keine Chance, er war einfach zu stark.

„Darf ich dich etwa nicht so nennen?"

„Also, bei dir finde ich den Namen irgendwie gar nicht mehr so schlimm!"

„War das jetzt ein *‚Ja'*?"

„Von mir aus!", nach einem weiteren wunderschönen Kuss, standen beide auf und besuchten nacheinander das Bad. Von Samy und Josh war noch nichts zu sehen, dafür aber zu hören. Anna und Aiden drehte in der Küche das Radio auf, um die Geräuschkulisse zu überspielen und bereiteten das Frühstück vor. Nachdem alles so weit fertig war und die erste Tasse Kaffee schon vernichtet wurde, setzte sich Anna auf die Arbeitsplatte neben den Herd, auf dem Aiden das Rührei braten wollte. Sie begutachtete ihn von oben bis unten und konnte ihr Glück kaum fassen, so einen attraktiven Mann neben sich zu haben. Er trug ein hautenges, schwarzes Shirt mit V-Ausschnitt, eine tief sitzende Jeans und abgetragene Sneakers. Seine Haare lagen perfekt durcheinander und sein Bart war einfach unwiderstehlich. Er bemerkte, dass sie ihre Blicke nicht von ihm nehmen konnte, und musste lächeln.

„Ich mag es, wenn du mich so ansiehst!"
„Wie sehe ich dich denn an?"
„Als wäre ich etwas Besonderes!"

Sie nahm seine Hand und zog ihn zwischen ihre Beine, legte ihre Arme um seinen Hals und küsste ihn.

„Aiden, du *bist* etwas Besonderes!", er legte seine Arme um ihren Rücken und zog sie nah an sich ran, in einen intensiven Kuss. In ihrem Kuss vertieft, merken sie nicht, dass Samy und Josh mittlerweile neben ihnen standen. Erst, als Samy anfing wie ein Ferkel zu Quietschen und vor Freude in die Hände klatschte, unterbrachen sie den Kuss. Sie schauten zu ihr runter und fingen lauthals an zu lachen. Josh, der bis jetzt nur erstaunt hinter Samy gestanden hatte, sprang auf Aiden zu und nahm ihn lachend in den Schwitzkasten, was Aiden zuließ.

„Alter, ist das dein ernst? Ich habe gedacht, wir müssen dich heute zwingen aus dem Bett zu kommen und jetzt stehst du hier knutschend in der Küche? Was ist nur mit dir passiert?"

„Ich denke, dass erklären wir euch beim Frühstück. Wollt ihr Kaffee?"

Nachdem sie Samy und Josh alles erklärt hatten, von der ersten Berührung, den letzten Nächten ohne Tabletten, dem ersten Kuss, räumten sie gemeinsam auf und setzten sich ins Wohnzimmer, um etwas zu spielen.
 „Und du hast keine Entzugserscheinungen? Immerhin hast du jahrelang täglich Tabletten und Alkohol konsumiert!", man konnte Josh anmerken, dass er sich unglaublich Sorgen machte.
 „Ich habe auch damit gerechnet, aber bis jetzt geht es mir so gut wie noch nie!", er nahm Annas Hand und lächelte sie an.
 „Sieht so aus, als hättest du eine neue Sucht für dich entdeckt!", Samy zwinkerte ihm zu und kicherte vor sich hin.
 „Ja, das habe ich wohl!", er zog Anna zu sich und gab ihr einen Kuss auf die Nasenspitze.

Stundenlang hielten sie sich mit diversen Spielen auf, lachten viel und waren einfach glücklich. Als die Jungs sich dazu bereit erklärten, etwas zu kochen, konnten Samy und Anna ihre Zeit alleine nutzen, um über Aiden zu sprechen.
 „Du bist ja vollkommen verknallt! So kenne ich dich ja gar nicht!"

„Für mich ist das auch alles neu, alles ist so anders mit ihm! Wenn wir uns küssen, dann kribbelt alles in mir und mein Herz schlägt bis zum Hals. Es fühlt sich so an, als würden tausend Schmetterlinge durch mich durchfliegen!"

„Ich freue mich so sehr für dich! Wie geht das denn mit euch weiter, wenn du wieder zurück nach Deutschland musst?" Samy hatte das angesprochen, was Anna unbedingt umgehen wollte. Sie wollte noch nicht darüber nachdenken, was in zwei Wochen passierte. Wenn sie wieder nach Deutschland musste, ohne Samy und vor allem ... ohne Aiden.

„Wir haben noch nicht darüber gesprochen und ich will das auch noch, so gut es eben geht, vermeiden. Du siehst doch selber, wie er sich verändert hat und wie toll es ihm geht, das will ich ihm einfach nicht nehmen!"

„Anna, du bist zu gut für diese Welt! Vielleicht bekomme ich dich ja so dazu, hier hinzuziehen!", neckend stieß sie Anna mit dem Ellenbogen in die Rippen und zwinkerte ihr zu.

„Vielleicht! Lass uns lieber mal darüber reden, was wir in der nächsten Woche so anstellen!"

„Also, Josh und Aiden haben Frühschicht, das heißt, sie stehen ziemlich früh auf und sind dafür aber auch mittags schon wieder da! Wir haben also den Morgen für uns und können danach was zu viert unternehmen! Dienstag und Donnerstag muss ich ins Tierheim, Freitag und Samstag habe ich Schicht in der Bar!"

„Wie wäre es, wenn wir morgen noch mal ein wenig shoppen? Wir müssen eh Lebensmittel für die Woche einkaufen, da kann man das doch direkt verbinden!", als Anna ihren Hundebettelblick aufsetzte, konnte Samy nicht widerstehen und stimmte dem zu. Kurz nach der Wochenplanung kamen auch Josh und Aiden wieder zu ihnen, mit vier gut riechenden, befüllten Tellern und verteilten diese. Nach dem Essen räumten Samy und Anna den Tisch ab, Josh und Aiden suchten einen Film aus.

„Sollen wir diesen hier sehen? Ist bestimmt lustig!", Josh hielt eine Komödie in der Hand und alle stimmten ihm zu. Samy und Josh kuschelten sich auf die rechte Seite des Sofas, Anna und Aiden auf die linke. Er lag hinter ihr und umarmte sie, sodass sie seinen Arm als Kissen benutzen konnte. Sie konnte seinen Atem im Nacken spüren und bekam dadurch sofort eine Gänsehaut, ein warmes Gefühl zog ihre ganze Wirbelsäule entlang und sie griff nach seiner Hand, drückte diese ganz leicht.

„Alles okay bei dir, Bambi?"

„Ja, alles gut, nur ... dein Atem ... er kitzelt mich."

„Oh, dass tut mir leid, ich lege mich einfach ein Stück weiter nach hinten!"

„Nein, bitte ... ich mag das Gefühl!", sie lächelte ihn über ihre Schulter hinweg an und kuschelte sich wieder in seine starken Arme. So sehr sie es gewollt hätte, sie konnte sich einfach nicht auf den Film konzentrieren, dass Gespräche zwischen Samy und ihr ging Anna einfach nicht aus dem Kopf.

Wie sollte das nur mit ihnen weitergehen?

Wäre eine Fernbeziehung möglich?

Wenn sie weg ist, wird er wieder mit Tabletten und Alkohol anfangen?

Das würde ihn kaputtmachen.

Dass der Film endete, bekam Anna nicht mit. Sie war so in ihre Gedanken vertieft. Als Samy und Josh das Zimmer verließen, um gemeinsam Duschen zu gehen, drehte Anna sich in Aidens Armen um, sodass sie Nase an Nase voreinander lagen.

„Habe ich dir eigentlich schon mal gesagt, dass du wunderschön bist?", er sah sie mit einem solch gefühlvollen, verliebtem Blick an, dass Anna fast geschmolzen wäre. Sie lächelte ihn an und schüttelte mit dem Kopf.

„Du bist wirklich die schönste Frau, die ich je in meinem Leben gesehen habe! Alles an dir ist so perfekt, ich kann nicht aufhören, dich anzusehen!"

„Trotzdem solltest du jetzt deine Augen schließen!"

„Warum?"

Sie sagte ihm nicht, warum er das tun sollte, sie zeigte es ihm und legte ihre Lippen auf seine. Innig ineinander geschlungen lagen sie auf dem Sofa und gaben sich ganz ihren Gefühlen hin. Noch nie hatte jemand so etwas Schönes zu ihr gesagt, ihr auf ganz besondere Weise seine Liebe gestanden. Nach Minuten der Hingabe, die sich für beide nur wie Sekunden anfühlten, kam Josh ins Wohnzimmer um Bescheid zu sagen, dass das Bad frei ist. Sie machten sich nacheinander für die Nacht bereit und lagen danach gemeinsam im Bett. Wie in der Nacht zuvor legte sich Anna auf seine Brust, gab ihm noch einen Kuss und schlief, fest in seine Arme gehüllt, ein.

## 25. April 2016

Ein schrilles Geräusch weckte Anna auf.

Sie schreckte auf und versuchte sich in dem dunklen Zimmer zu orientieren, aber sie konnte nicht ausmachen, woher der ohrenbetäubende Laut kam.

„Keine Sorge, Bambi, das ist nur mein Wecker. Ich habe heute Frühschicht."

Er schaltete den Wecker aus und zog sie wieder zurück in seine Arme, gab ihr einen Kuss auf die Stirn.

„Sorry, falls du dich erschreckt hast. Ich hätte dir Bescheid sagen sollen!"

„Nein, alles gut. Samy hat es mir gestern auch schon gesagt, aber ich hatte es wieder vergessen." Sie legte sich etwas weiter nach oben, sodass sie sich genau gegenüberlagen.

„Hast du gut geschlafen?", sie legte ihre Hand auf seine Wange und streichelte mit dem Daumen darüber, er legte seine Hände um ihren Rücken und drückte sie fest an sich.

„Sehr gut! Solange du neben mir liegst, ist alles in bester Ordnung!", er lächelte sie an und küsste ihre schmalen Lippen.

„Was passiert eigentlich, wenn ich dich jetzt nicht gehen lasse?", sie presste sich noch näher an ihn und schlang ihre Arme um seinen Hals.

„Ich denke, damit könnte ich leben. Aber Josh wird das ganz und gar nicht freuen, er ist sozusagen in der Firma für mich verantwortlich, hat damals für mich gebürgt, dass ich überhaupt diesen Job bekomme."

„Okay, gegen Josh habe ich keine Chance, er ist viel zu groß!", lachend kuschelten sie sich noch einmal fest aneinander, küssten sich liebevoll und schon musste Aiden aufstehen.

Anna kuschelte sich wieder in die Decke, aber ohne Aiden an ihrer Seite, brauchte sie an Einschlafen nicht mehr denken. Die Wärme, die er ausstrahlte und die für sie mittlerweile so nötig war, fehlte. Nach mehreren Minuten hörte sie leise Stimmen, eine sich öffnende und wieder schließende Haustür, danach war es vollkommen still.

Auch nach mehreren Versuchen konnte sie nicht einschlafen, also beschloss sie, aufzustehen und sich bei Samy ins Bett zu kuscheln.

„Samy? Bist du wach?"

„Naja, wach kann man das nicht nennen. Alles Okay?", verschlafen knipste sie die Nachttischlampe an und schaute aus müden Augen und mit verstrubbelten Haaren zu Anna.

„Ja, ich kann nur nicht mehr schlafen. Darf ich mich zu dir legen?"

„Da fragst du noch?", sie hob ihre Decke an und Anna kuschelte sich darunter. So konnte sie noch etwas Schlaf finden.


„Wow, das sieht unglaublich aus! Das ist es! Das musst du kaufen!", Anna saß vor der Kabine und bestaunte Samy, die in einem kurzen, pinken, trägerlosen Kleid vor ihr stand.

„Ich glaube, das muss ich! Es sieht perfekt aus und Josh wird es lieben!"

„Er wird es dir vom Körper reißen wollen!"

„So ist der Plan!", sie zwinkerte Anna zu und beide fingen an zu lachen. Ihre Shoppingtour war schon fast vollendet, als ihnen einfiel, dass sie noch keine Outfits für Samys Geburtstag hatten, der in der nächsten Woche anstand. Da sie mit Anna, Josh, Tante Kate und Joshs Eltern in eine absolut überteuerte Schickimickibar wollte, mussten sie sich auch dementsprechend kleiden. Auch Aiden hatte sie eingeladen, aber sie wusste ja, das er nicht mitkommen würde.

„Gut, das Kleid wäre dann hiermit gekauft! Jetzt bist du dran!", wie üblich, wenn die beiden einkaufen waren, suchten sie sich gegenseitig die Klamotten aus. Samy stiefelte also los und kam mit drei Kleidern wieder. Anna ging in die Umkleidekabine und zog, von Samy befohlen, zuerst das schwarze Kleid an. Es war aus einem weichen Stoff, hatte einen V-Ausschnitt, dünne Träger und reichte ihr bis zu den Knien. Sie fühlte sich wohl und kam mit einer schwungvollen Drehung aus der Kabine.

„Na, was sagst du?"

„Sehr schön, aber wie ich es mir schon gedacht habe, viel zu lang und viel zu brav! Als Nächstes das rote Kleid, bitte!", Anna streckte ihr die Zunge raus und verschwand wieder in der Kabine. Das rote Kleid war aus Seide, mit Spitzenrand am Dekolleté und erinnerte Anna an ein Negligé, so etwas würde sie ganz sicher nicht in der Öffentlichkeit tragen.

„Samy, kann es sein, dass du das rote Kleid in der Unterwäscheabteilung gefunden hast?", sie streckte ihren Kopf durch den Vorhang und Samy schmunzelte ihr entgegen.

„Naja, ich habe gedacht, dass du es vielleicht in den nächsten Wochen noch gebrauchen könntest!", sie hob eine Augenbraue und zwinkerte ihr zu.

„Du bist unmöglich!", lachend drehte sie sich um und begutachtete sich noch einmal im Spiegel. Ihr gefiel, was sie sah und musste an Aiden denken. Er sagte ihr ja schon, dass er sie wunderschön fand, aber tat er es auch auf *diese* Weise? Ihre Gedanken wurden von Samy unterbrochen.

„Jetzt das weiße Kleid und ich sage dir, du wirst es lieben!", gespannt, was sie als

Nächstes ausgesucht hatte, zog sie das weiße Kleid an und erstarrte vor dem Spiegel. Es war aus einem dickeren Stoff, hatte halblange Ärmel und einen runden Ausschnitt, der ihre Brüste perfekt in Szene setze. Am Oberkörper war es eng und an den Hüften wurde es lockerer, es ging ihr bis zur Mitte der Oberschenkel. Alles in allem war es perfekt, sie fühlte sich unglaublich schön. Als sie aus der Kabine kam, stand Samy der Mund weit offen.

„Du siehst aus wie ein Engel! Bitte, bitte nimm es mit! Aiden werden die Augen aus dem Kopf fallen!"

„Meinst du wirklich? Außerdem geht er ja eh nicht mit!"

„Anna, wenn er dich *so* sieht, wird er mitgehen!", Anna gab ihr einen Kuss auf die Wange und hüpfte freudig zurück in die Kabine, um sich umzuziehen. Sie hatte das perfekte Kleid gefunden, da gab es keine Zweifel.

Wieder zu Hause angekommen, machten sie sich direkt ans Kochen und schon kurze Zeit später kamen Aiden und Josh zur Tür herein.

„Hier riecht es ja lecker!", Josh stürzte sich sofort auf die Töpfe und probierte alles, was er in die Finger bekam. Aiden hingegen stand hinter Anna, umarmte sie und gab ihr einen Kuss auf die Wange.

„Ich habe dich vermisst!", er flüsterte ihr ins Ohr und Anna konnte dem Drang, ihn endlich zu küssen, nicht widerstehen. Also drehte sie sich um, legte ihre Arme um seinen Nacken und zog ihn zu sich runter, um ihm einen Kuss auf die Lippen zu drücken. Er presste sie noch fester an sich und erwiderte den Kuss, liebevoll, aber fordernd. Auch wenn es nur wenige Stunden waren, sie hätten sie gerne miteinander verbracht. Immerhin wussten beide, dass ihre Zeit nicht unbegrenzt war.

„Mädels, wir haben eine kleine Überraschung für euch! Aiden und ich haben uns die nächste Woche Urlaub genommen, wir müssen also nur noch diese Woche arbeiten, danach gehören wir euch!", jubelnd fielen Anna und Samy ihnen in die Arme.

„Das ist ja eine richtig gute Nachricht! Das feiern wir jetzt mit einem Essen!", Samy nahm Teller aus dem Schrank und stellte sie auf den Tisch, was alle erstaunte, da sie nie in der Küche aßen.

„Es hat sich in den letzten Tagen so viel verändert, da kann man auch mal was Neues ausprobieren!"

Nach dem Essen telefonierten die Mädels mit Annas Eltern und erzählten von den letzten Tagen. Aiden ließen sie dabei außen vor, sonst hätten sie sich nur unnötig Sorgen gemacht. Nach dem Gespräch überlegten alle vier, was sie tun könnten.

Da es erst Nachmittag war und draußen die Sonne am Himmel stand, schlug Samy vor in den Park zu gehen.

„Wir könnten am Stand ein Eis essen und uns in die Sonne setzen! Was haltet ihr davon?", Josh stimmte sofort zu, doch Anna sah zu Aiden, der ziemlich traurig zu Boden schaute. Sie nahm seine Hand und beugte sich zu ihm rüber.

„Wir können auch hierbleiben, wenn du nicht möchtest!"

Er hob seinen Blick und sah sie verwirrt an.

„Du würdest bei dem schönen Wetter hierbleiben? Wegen *mir*?"

„Natürlich würde ich das!", sie lächelte ihm entgegen und er konnte nicht anders, als ihr Gesicht in beide Hände zu nehmen und sie zu küssen. Er presste seine Lippen auf ihre und flog mit ihr auf Wolke sieben.

„Das musst du aber nicht, ich werde mit zum Park gehen. Solange wir nicht fahren müssen, ist eigentlich alles Okay."

Vor Glück fiel sie ihm um den Hals und auch Josh und Samy jubelten vor Freude. Alle standen auf um sich dicke Jacken und Schuhe anzuziehen, trotz strahlendem Sonnenschein waren es nur fünfzehn Grad. Als sie alle vor der Haustür standen, nahm Josh Aiden zu Seite und flüsterte ihm etwas zu, Aiden nickte daraufhin und packte ihm Mut machend an die Schulter.

Händchen haltend schlenderten sie los und alles schien ganz normal zu sein. Der Park lag nur wenige Gehminuten von der Wohnung entfernt, Josh und Aiden mussten auch für ihren normalen Arbeitsweg an ihm vorbeigehen.

„Zur Firma sind es ungefähr noch zwei Meilen die Straße entlang." Aiden zeigte ihr den Weg, aber Anna achtete nicht auf seinen Finger, sondern auf sein Gesicht. Es lag etwas Unruhe darin, auch sein Körper war angespannt. Als ein Auto an ihnen vorbeifuhr, spannte sich sein Körper noch mehr an.

„Wieso schaffst du es, für die Arbeit nach draußen zu gehen, aber sonst nicht?"

„Durch Routine. Es hat sehr lange gedauert, bis ich das geschafft habe, aber Josh hat mir dabei geholfen. Es fällt mir zwar jedes Mal schwer, aber irgendwie klappt es. Ich brauche die Arbeit, sie hilft mir wenigstens ein bisschen Normalität in meinen Alltag zu bringen!"

„Aber in den Park zu gehen fällt dir schwer?", vorsichtig fragte sie nach, sie standen schon direkt davor, Samy und Josh waren schon auf dem Weg zum Eisstand.

„Es würde mir schwerer fallen, wenn du nicht dabei wärst! Ehrlich gesagt, ich freue mich riesig darauf, etwas ‚*Normales*' mit dir zu unternehmen, als wären wir ... als wären wir ganz normale ...", er suchte nach dem passenden Wort, aber er wusste nicht, wie er es ausdrücken sollte.

„Als wären wir ein ganz normales, verliebtes Paar?", sie strahlte zu ihm hoch und zog ihn an seiner Jacke zu sich ran. Er nickte ihr zu und sein Grinsen war einfach zum Verlieben.

„Mach dir keinen Kopf, das sind wir nämlich! Was ist heutzutage schon normal?", lachend nahm sie seine Hand und zog ihn in den Park, direkt auf den Eisstand zu.

Mit einer riesigen Eistüte bewaffnet, setzten sich alle vier auf eine Parkbank, direkt an den angelegten See und fingen an zu essen.

„Hast du deinen Eltern eigentlich schon etwas davon gesagt, dass ich mich ... verändert habe?", Aiden schmunzelte zu Josh.

„Nein, ich hatte es vor, aber ich fand die Idee gut, sie nächste Woche auf Samys Geburtstag damit zu überraschen. Wir müssen zwar davon ausgehen, das Mom vor Freude stundenlang heulen wird und Anna wahrscheinlich nie wieder loslässt, aber das ist ja dann euer Problem!", neckend boxte er Aiden auf die Schulter, der das mit einem Augenverdrehen kommentierte. Sie redeten danach noch über Gott und die Welt, lachten viel und gingen erst am späten Abend, als es kälter wurde, wieder nach Hause.

Nachdem Samy und Anna sich gemeinsam im Bad für die Nacht umgezogen hatten, verabschiedeten sie sich im Flur und gingen in die Zimmer. Aiden lag schon im Bett und schaute verträumt an die Decke, die Hände hinter dem Kopf verschränkt.

„Da bist du ja! Ich dachte schon, ihr wollte im Badezimmer übernachten!", er lächelte ihr zu und breitete die Arme aus, damit Anna sich hineinfallen lassen konnte.

„Wir haben uns noch ein wenig verquatscht, geht es dir gut?", sie kletterte auf das Bett, um sich dann in seine Arme fallen zu lassen.

„Mir geht es sogar sehr gut! Wie geht es dir?", er breitete die Decke über ihnen aus und fing an ihren Rücken zu kraulen.

„Ich kann mich nicht beklagen!"

„Das höre ich gerne!", er strahlte ihr entgegen und sie musste ihn einfach Küssen. Also nahm sie sein Gesicht in ihre Hände und presste ihre Lippen auf seine, minutenlang lagen sie einfach nur da und küssten sich leidenschaftlich, hielten sich dabei wieder unglaublich fest.

„Hab ich dir eigentlich schon gesagt, dass ich stolz auf dich bin?"

„Stolz? Wieso das?"

„Na, das du heute so unbekümmert im Park warst. Auf dem Hinweg warst du noch furchtbar angespannt, aber zum Ende hin wurdest du richtig locker, das hat mich erstaunt!"

„Das lag einzig und alleine an dir, du nimmst mir irgendwie jegliche Angst, obwohl du einfach nur bei mir bist! Du bist wie ein Engel; mein persönlicher Schutzengel! Ich denke kaum noch an früher, habe keine Albträume mehr und kann mich sogar in der Öffentlichkeit aufhalten. Eigentlich habe ich ein glückliches Leben nicht verdient, aber seit du hier bist, ist alles anders."

„Aiden, jeder Mensch hat ein glückliches Leben verdient!"

„Nein, ich nicht. Ich bin ein schlechter Mensch, Anna!", plötzlich standen ihm Tränen in den Augen. Sofort legte sie eine Hand an seine Wange und hauchte ihm einen Kuss auf die Lippen.

„Du bist kein schlechter Mensch, das glaube ich dir nicht. Egal, was damals passiert ist, in meinen Augen bist du der höflichste, netteste, verständnisvollste und beste Mensch der Welt. Außerdem, wenn ich in deine Augen schaue, weißt du, was ich da sehe? Ich sehe nur das Gute, du könntest keiner Fliege was zuleide tun!", er schüttelte den Kopf.

„Nein, das könnte ich auch nicht. Ich bin trotzdem ein schlechter Mensch und du wirst mich verlassen, wenn du erfährst, wieso!", Anna drückte ihn zurück in die

Kissen und legte, wie jede Nacht, ihren Kopf auf seine Brust.

„Egal, was du getan hast oder was passiert ist, ich werde dich nicht verlassen. Da kannst du dir sicher sein!", sie strich im eine Träne von der stoppeligen Wange, küsste ihn mit aller Liebe, die sie aufbringen konnte und kuschelte sich ganz nah an ihn. Erst, als das leise Röcheln ihr zeigte, dass er eingeschlafen war, ließ sie ihren Tränen freien Lauf.

## 26. April 2016

Schon wieder dieses ohrenbetäubende Geräusch. Anna beugte sich über Aiden um den Wecker auszuschalten und schlug so fest zu, dass er runterfiel.

„Können wir heute Nachmittag bitte den Klingelton ändern? Ich weiß nicht, ob dein Wecker sonst die nächsten Tage überlebt!", lachend zog Aiden sie zu sich runter und küsste sie. Sie lag komplett auf ihm drauf und drückte sich mit den Armen neben seinem Kopf nach oben, um ihn ansehen zu können. Wie konnte dieser liebevolle Mensch nur von sich denken, dass er schlecht ist? Alleine seine Blicke verrieten ihr, dass er falschliegen muss.

„Worüber zerbrichst du dir den Kopf, mein Engel?", sie setzte sich auf und er strich ihr eine Strähne hinters Ohr, die andere Hand lag an ihrer Hüfte. Sie wollte ihn nicht auf gestern Abend ansprechen, er musste auf die Arbeit und sollte den Kopf freihaben.

„Über nichts, ich bin nur noch etwas müde!"

Sie beugte sich wieder vor und küsste ihn leidenschaftlich, wollte dadurch nicht nur ihn ablenken, auch sie konnte es gut gebrauchen.

„Ich freue mich schon, dich heute Mittag wiederzusehen! Was habt ihr denn für heute geplant?"

„Samy muss heute im Tierheim arbeiten, ich fahre mit ihr und gehe in der Zeit mit ein paar Hunden spazieren. Dann kochen wir was und danach warte ich sehnsüchtig auf den tollen Mann, der nachts mit mir das Bett teilt!", er packte sie an den Hüften und drehte sich mit ihr rum, sodass sie jetzt in den Kissen lag.

„Ich kann es kaum noch abwarten und vermisse dich jetzt schon!"

„Ich dich auch! Jetzt aber raus mit dir, sonst steht Josh gleich hier im Zimmer." Sie küssten sich noch einmal und mussten dann Abschied nehmen.

„Joker! Wenn du so ziehst, bekommst du gleich kein Leckerchen!", Anna ging wieder mit denselben drei Hunden spazieren, wie das letzte Mal. Es waren kleine Mischlingsrüden und absolute Rabauken, doch sie kam damit klar. Nachdem sie ihr Geschäft gemacht hatten, setzte sie ihren Weg fort und träumte vor sich hin. Träumte von einer Zukunft mit Aiden, die so wohl nie stattfinden würde. Sie wollte ihn so gerne auf alles ansprechen, aber er musste dafür bereit sein und das war er noch nicht. Auch, wenn sie so viele Zärtlichkeiten austauschten, so viel Vertrauen zueinander hatten, die Vergangenheit stand immer zwischen ihnen und das wird sie auch noch, bis er mit der Wahrheit rausrückt. Auch alle Spekulationen, was ihm wohl passiert sein konnte, brachten nichts. Das ergab alles keinen Sinn.

Als die ersten Tropfen vom Himmel fielen, machte sich Anna auf den Rückweg zum Tierheim. Sie ging schnellen Schrittes, doch der Regen war so stark, dass sie komplett durchnässt ankam.

„Wie siehst du denn aus?"

„Der Regen hat uns überrascht, natürlich mitten im Park." Sie leinte die drei Hunde in ihrem Zwinger ab und trocknete sie noch mit einem Handtuch, was ihnen unglaublich viel Spaß bereitete.

„Dann lass uns schnell nach Hause fahren, damit du dich umziehen kannst. Ich bin hier eh schon fertig." Sie verabschiedeten sich noch von allen Mitarbeitern und fuhren mit dem Taxi nach Hause.

Nach einer heißen Dusche und zwei Tassen Tee ging es Anna schon wieder etwas besser, doch sie war vollkommen durchgefroren und lag unter ihrer dicken Decke im Bett. Als sich die Zimmertür öffnete, wurde ihr gleich etwas wärmer. Aiden kam mit einer Tasse Tee und einer Wärmeflasche durch die Tür und setzte sich neben sie auf das Bett. Er küsste ihren Scheitel und nahm sie in den Arm.

„Der Zwerg hat mir erzählt, dass du eine unfreiwillige Dusche hattest. Wie geht's dir?"

„Eigentlich ganz gut, mir wird nur einfach nicht richtig warm." Er stand auf und drehte die Heizung hoch, hob danach die Decke und kuschelte sich an sie. Nach nur wenigen Minuten wurde ihr schon wärmer.

„Wie war die Arbeit?"

„Anstrengend und stressig! Mehrere Maschinen sind ausgefallen und wir mussten auf Handbetrieb umstellen. Das Einzige, was mich über den Tag gerettet hat, war der Gedanke an dich!", er umfasste zärtlich ihr Kinn und zog sie zu sich, um ihr liebevoll seine Lippen auf ihre zu pressen. Sie küssten sich leidenschaftlich und intensiv, schafften es immer wieder, mit einem einzigen Kuss die ganze Welt auszublenden.

Sie wurden von einem Türklopfen unterbrochen.

„Hey ihr beiden! Wie geht's dir, Anna?", Josh streckte seinen Kopf durch den Türspalt.

„Schon viel besser, danke!"

„Das freut mich. Wollt ihr mit uns am Tisch essen oder sollen wir euch etwas zu Essen bringen?"

„Macht euch bitte keine Umstände, wir kommen jetzt zu euch."

Nachdem sie alle zusammen in der Küche gegessen hatte, gingen sie ins Wohnzimmer und spielten noch ein paar Gesellschaftsspiele. Der Tag verging wie im Flug und als Aiden im Bad war, um sich für die Nacht umzuziehen, folgte Anna Josh in die Küche.

„Josh? Kann ich kurz mit dir reden?", sie schloss die Tür hinter sich und lehnte sich an den Kühlschrank.

„Natürlich, das kannst du jederzeit. Was ist denn los?"

„Es geht um Aiden, ich mache mir unglaubliche Sorgen um ihn."

„Was ist passiert?"

„Gestern, wir haben noch über den Tag gesprochen, da sagte er mir, dass er eigentlich kein glückliches Leben verdient hat und dass er ein schlechter Mensch sei! Das kann er doch nicht wirklich von sich glauben, oder?", Joshs Blick ging Richtung Boden und er verschränkte die Arme vor der Brust.

„Anna, ich habe ihm damals geschworen, dass ich niemals mit jemandem darüber reden werde. Ich kann dir nur eins dazu sagen, er ist *kein* schlechter Mensch. Er ist der beste Mensch, den ich kenne, und ist derjenige, dem ich alles Glück der Welt gönne!"

„Aber warum denkt er dann so von sich?"

„Wenn du jahrelang etwas eingeredet bekommst, von Menschen, die du liebst, dann glaubst du ihnen irgendwann. Gib ihm noch etwas Zeit, ich habe das Gefühl, dass er sich dir öffnen wird."

„Er hat gesagt, dass ich ihn verlassen werde, wenn ich die ganze Wahrheit kenne! Josh, ich würde ihn nie verlassen! Ich ... ich liebe ihn!"

„Und er liebt dich, von der ersten Sekunde an, da bin ich mir sicher! Du bist für ihn und auch für mich ein Phänomen. Du weißt nur aus Erzählungen, wie er ohne dich war und glaub mir, es war schlimmer, als Worte es ausdrücken könnten! Hab noch etwas Geduld mit ihm!"

„Gibt es denn irgendwas, dass ich tun kann, damit er nicht so schlecht von sich denkt? Ich kann den Gedanken daran, was er von sich hält, nicht ertragen!", Josh kam zu ihr und nahm sie in den Arm.

„Sei ehrlich zu ihm und sag ihm, was du fühlst und was du von ihm hältst. Wenn er jemandem glaubt, dann dir!", sie lösten sich voneinander und Josh schenkte ihr ein aufmunterndes Lächeln. Nachdem sie sich eine gute Nacht wünschten, betrat Anna das Zimmer. Aiden lag schon im Bett und schaltete die Programme des Fernsehers durch. Als er sie sah, verzog sich sein Mund zu einem Lächeln.

Da Anna noch immer kalt war, sprang sie sofort ins Bett und kuschelte sich mit ihm unter die Decke. Er legte seine Arme um sie und kraulte ihr den Rücken auf und ab.

„Engel, du bist noch immer total kalt. Soll ich dir noch eine Wärmeflasche holen?"

„Nein, glaub mir, du bist die beste Wärmeflasche der Welt!", sie kuschelte sich noch näher an ihn und verteile kleine Küsse auf seinen warmen Hals.

„Aiden? Darf ich dir eine Frage stellen?"

Mit leichter Panik im Blick sah er sie an.
 „Keine Sorge, es hat nichts mit deiner Vergangenheit zu tun. Du weißt, dass du mir nichts erzählen musst!", beruhigend lächelte sie ihn an.
 „Anna, ich würde dir so gerne alles erzählen, es ist nur ..."
 „Aiden! Du musst dich nicht vor mir rechtfertigen! Also, darf ich dir jetzt meine Frage stellen?"
 „Ja, du darfst!"
 Anna setzte sich etwas auf und sah ihm direkt in die Augen. Sie wusste, dass sie nicht einfach so mit der Frage herausplatzen durfte, also fing sie vorsichtig an.
 „Wie du sicherlich weißt, hat Samy ja nächste Woche Geburtstag und will mit uns in dieses schicke Restaurant. Ich weiß von ihr, dass sie dich auch eingeladen hat. Hast du es dir schon überlegt? Ich meine ... ich bin ja auch da und vielleicht ..."
 „Nein!"
 „Nein?"
 „Anna, so gerne ich auch mit euch dorthin möchte, es geht nicht!"
 „Aber im Park hat es doch auch geklappt! Wenn wir vielleicht einfach mal in die Stadt fahren und es versuchen, dann könnten wir alle zusammen feiern!"
 „Engel, bitte, es geht nicht! Der Park ist etwas Anderes, da kann ich hinlaufen, aber in die Stadt müssten wir fahren und das ...

das geht nun mal nicht!", sein Körper verkrampfte sich und seine Hände krallten sich in ihren Rücken, was schon fast schmerzhaft war. Sie nahm sein Gesicht in beide Hände und suchte seinen Blick.

„Aiden, schau mich an! Beruhig dich!", als er ihr endlich in die Augen sah, konnte sie das Feuer darin sehen. Er war wütend, sehr wütend, und auch wenn sein Körper sich wieder etwas entspannte, seinen Griff ließ er nicht locker.

„Es tut mir leid, ich hätte dich nicht fragen dürfen. Bitte beruhig dich wieder, okay?", vorsichtig strich sie mit ihrem Daumen über seine Lippen, flüsterte ihm die Worte entgegen. Mit einem Mal, als wäre er aufgewacht, lockerte er seinen Griff und sein Gesicht verzog sich schmerzhaft. Er sah ihren Blick, wusste sofort, was passiert war und ließ sie los, entfernte sich von ihr. Sie berührten sich nicht mehr.

„Habe ich dir wehgetan?", seine Augen füllten sich mit Tränen.

„Nein, alles ist in Ordnung, du hast mir nichts getan!", sie suchte seine Nähe, doch er stoppte sie.

„Bitte, sei ehrlich zu mir! Es tut mir so leid! Ich hatte mich nicht unter Kontrolle, ich hätte dir so viel antun können ..."

„Aiden, mir geht es gut! Es ist nichts passiert und du musst dich für nichts entschuldigen!"

„Du hattest ... Angst vor mir! Ich habe es in ... deinem Blick gesehen!", er stotterte und hob seine Hände um sie zu berühren, doch er ließ sie wieder fallen.

„Ich hatte keine Angst *vor dir*, ich hatte Angst *um dich*! Hör doch bitte auf dir Vorwürfe zu machen! Auch wenn du von dir denkst, dass du ein schlechter Mensch bist, ich denke nicht so von dir! Aiden, ich liebe dich und daran wird weder die Vergangenheit, die Gegenwart, noch die Zukunft was ändern!", sie spuckte ihm die Worte wütend entgegen. War so in Rage und merkte überhaupt nicht, dass sie ihm grade zum ersten Mal ihre Liebe gestand.

„Anna, ich ... ich liebe dich auch!", ergriffen nahm er ihr Gesicht in beide Hände und presste seine Lippen auf ihren Mund, zog sie näher zu sich und küsste sie leidenschaftlicher denn je. Auch Anna wurde jetzt klar, was sie zu ihm gesagt hatte und verschränkte ihre Arme in seinem Nacken, vertiefte den Kuss nur noch mehr. Die ganze Nacht verbrachten sie so eng umschlungen, wie es nur ging. Sie waren eins, in diesem Moment gab es keine Vergangenheit, keine begrenzte Zeit miteinander und auch keine Streitereien. Es gab nur Anna und Aiden.

## 27. April 2016

Diesmal wurde sie nicht von einem schrillen Geräusch, sondern von guter, leiser Musik geweckt. Sie streckte sich in Aidens Armen und kuschelte sich wieder an ihn.

„Guten Morgen, mein Engel!", seine Stimme klang noch so rau und tief vom Schlaf, dass sie sofort eine Gänsehaut bekam. Auch dass er so nah an ihrem Ohr gesprochen hatte, sodass sie seinen warmen Atem am Hals fühlen konnte, verstärkte das Gefühl.

„Hey, hast du gut geschlafen?"

„Neben dir schlafe ich doch immer gut." Er gab ihr einen Kuss auf den Scheitel, einen auf die Stirn, den nächsten gab es auf die Nase und zum Schluss küsste er liebevoll ihre Lippen.

„Anna, wegen gestern Abend, dass tut mir alles …"

„Nein, Aiden, du musst dich für nichts entschuldigen! Lass uns das einfach vergessen. Außerdem war es *mein* Fehler, ich hätte dich nicht fragen dürfen. Ich habe dich unter Druck gesetzt und das war falsch. Mir tut es leid!"

„Es ist dein gutes Recht mich etwas zu fragen, ich habe einfach zu heftig reagiert. Die Frage an sich war auch gar nicht schlimm, nur die Erinnerungen, die dann hochkamen ... ich kann nicht gut damit umgehen! Ich verliere dann einfach die Kontrolle und bin stundenlang in einer Art ‚Trance'. Dabei habe ich schon mehrmals nicht nur mich selbst verletzt ... ich habe einfach so Angst davor, dass ich dir irgendwann wehtun könnte. Verstehst du das?", sie sah die Besorgnis in seinen Augen und küsste ihn sanft auf die Nasenspitze.

„Natürlich verstehe ich das, aber du warst höchstens ein paar Minuten ... ‚*weg*'! Und du hast weder dir, noch mir wehgetan."

„Nur ein paar Minuten? Wie viele genau?", mit großen Augen sah er sie an.

„Ich kann nichts Genaues sagen, aber ich schätze, es waren zwei oder drei Minuten. Länger jedenfalls nicht!" Aiden sprang auf, drückte Anna einen Kuss auf die Stirn und rannte aus dem Zimmer, ließ sie verwirrt zurück.

Nach wenigen Minuten, als Anna grade aufstehen und nachschauen wollte, ging die Tür wieder auf und Aiden kam freudestrahlend zu ihr.

„Sorry, dass ich eben so schnell weg war, aber ich musste dringend zu Josh. Wir müssen jetzt auch schon los, ich verspreche dir aber, dass wir dir heute Mittag alles erklären, okay?"

„Okay. Sie verabschiedeten sich mit einem kräftigen Kuss, der für einige Stunden anhalten sollte.

Nach dem Frühstück gingen Anna und Samy ins Wohnzimmer, bewaffnet mit einer Menge Nagellack, Nagelfeilen, Pinzetten und was man sonst so für einen Beautytag gebrauchen kann. Samy begann sofort damit, Annas Nägel zu feilen.

„Und du hast ihm wirklich gesagt, dass du ihn liebst?"

"Ja und ich habe es noch nicht einmal wirklich realisiert. Das platzte einfach so aus mir raus, ich hätte es nicht zurückhalten können!"

„Wow, du bist ja wirklich richtig verliebt! Aiden ist das übrigens auch, er hat gestern bei der Arbeit lange mit Josh darüber gesprochen. Josh sagte mir, dass er so offen war wie nie zuvor. Ihr tut euch gegenseitig so gut, wie soll das nur werden, wenn du wieder weg bist? Die Hälfte deiner Zeit hier ist schon vorbei, hast du mal mit ihm darüber gesprochen?"

„Nein, wir haben noch nicht drüber geredet und ich weiß auch nicht, wie ich es ansprechen soll! Es gibt doch sowieso keine Lösung für unser Problem! Ich muss wieder zurück nach Deutschland und er kann nicht hier weg, egal, ob wir darüber reden oder nicht! Vielleicht sollten wir einfach die restlichen Tage genießen und gar nicht drüber sprechen."

„Das ist aber auch keine Lösung! Anna, das mit euch ist etwas Besonderes, ihr dürft es nicht einfach wegwerfen, nur, weil ihr nicht mehr nebeneinander einschlafen könnt!"

„Geht es denn nicht genau darum?"

„Wie meinst du das?"

„Er kann nur schlafen, wenn ich neben ihm liege und auch ich kann mir eine Nacht ohne ihn nicht mehr vorstellen, werde ja schon unruhig, wenn ich ein paar Stunden nicht bei ihm bin! Sobald ich wieder zurück in Deutschland bin, wird er wieder mit Tabletten und Alkohol anfangen, Josh wird jede Nacht zu ihm müssen und ich bin so weit weg, dass ich nichts daran ändern kann."

Tränen liefen ihre Wangen entlang, doch sie merkte es nicht. Erst, als Samy sie mit ihrem Daumen verwischte, wurde ihr klar, dass es ihr mehr zu schaffen machte, als sie glaubte.

„Anni, bitte redet darüber. Ihr werdet eine Lösung finden, da bin ich mir sicher! Denk doch einfach mal darüber nach, hier hinzuziehen. Ich habe schon mit Josh gesprochen, er würde sich riesig darüber freuen, wenn du bei uns einziehst. Außerdem gibt es hier in der Nähe eine Uni, an der du dein Studium beenden könntest und einen Job finden wir auch noch für dich!"

„Meine Eltern würden das *nie* zulassen!"

„Und was ist mit dir? Du musst auch mal an dich denken, dass tun, was du willst und für richtig hältst! Wenn du jetzt einen

Wunsch freihättest, was würdest du dir wünschen?"

Anna nahm sich Zeit, um darüber nachzudenken. Sie hatte noch nie viele Wünsche gehabt, hatte immer alles, was sie brauchte. Doch erst in den letzten Tagen wurde ihr klar, dass sie eines ganz besonders braucht. *Seine* Nähe.

„Ich wünschte, ich könnte bei euch bleiben!", noch bevor sie die Worte ganz ausgesprochen hatte, fing sie an zu schluchzen und Hunderte Tränen verließen ihre Augen. Samy nahm sie sofort in den Arm und schluchzte auch auf, sie wollte ihre Freundin so gerne bei sich behalten.

„Lass uns einfach die nächsten Tage dafür nutzen, um uns wegen eines Umzuges schlauzumachen. Wenn es dann dazu kommen sollte, haben wir wenigstens schon alles geplant."

„Okay, aber lass uns den Jungs noch nichts davon sagen. Ich möchte erst mal mit Aiden sprechen, versprochen?"

„Versprochen! Und jetzt wird nicht mehr geheult! Das ist unser Beautytag und ein verheultes Gesicht, ist kein schönes Gesicht!"

Sie lachten die Trauer einfach weg und widmeten sich wieder ihren Fingernägeln.

Mit frisch gezupften Augenbrauen, bunt lackierten Nägeln und mittlerweile wieder richtig guter Laune, begaben sie sich in die

Küche, um zu kochen. Sie drehten die Musik voll auf und tanzten durch die Küche, genossen die letzten paar Minuten zu zweit.

„Ihr habt ja gute Laune!", Josh und Aiden standen in der Tür und lachten ihnen entgegen.

„Warum auch nicht? Wir hatten immerhin heute Morgen schon einen Beautymarathon! Sieht man das etwa nicht?", Samy drehte sich vor Josh und streckte ihm ihre Hände entgegen.

„Wunderschön, wie immer!", er hob sie hoch und küsste sie, sah dann zu Anna und erkundigte sich, wann das Essen fertig war.

„Erst in einer halben Stunde? Gut, dann haben wir ja noch Zeit zu duschen!", er ging aus der Küche und Samy, die er noch immer auf seinen Armen trug, fing belustigt an zu schreien.

„Vielleicht sollten wir die Musik lauter drehen", Aiden kam lächelnd zu ihr und nahm sie in den Arm, drückte ihr einen Kuss auf den Mund. Anna erwiderte diesen und legte ihre Arme um seinen Nacken.

„Ich habe dich heute ganz besonders vermisst", er flüsterte ihr ins Ohr und küsste danach ihren Hals, Annas Beine wurden immer weicher. Alleine dieser Satz bestärkte sie noch in dem Vorhaben, nach New York zu ziehen.

„Ich dich auch, am liebsten würde ich dich morgens nicht gehen lassen!"

„Noch zwei Tage, dann hast du mich ganz für dich alleine!", er zog sie noch fester zu sich und küsste sie leidenschaftlich. Ihre Zungen tanzten miteinander, im Takt der Musik und sie ließen sich von ihren Gefühlen treiben.

„Ich kann es gar nicht erwarten! Da wir in der nächsten halben Stunde eh nicht mit Samy oder Josh rechnen brauchen ... magst du mir erklären, was heute Morgen los war?", vorsichtig fragte sie ihn, doch er lächelte nur und nickte ihr zu.

„Aber nicht hier, lass uns in unser Zimmer gehen!"

„*Unser* Zimmer?", sie sah ihn fragend an.

„Engel, seit du das Zimmer das erste Mal betreten hast, ist es *unser* Zimmer. Was mein ist, ist auch dein!", er nahm ihre Hand und zog sie hinter sich her, bemerkte zum Glück nicht, wie rot Anna geworden war.

Sie setzten sich auf *ihr* Bett und Aiden fing an zu erzählen.

„Schon seit ich dreizehn Jahre alt bin, habe ich diese Trancezustände. Früher war es besonders schlimm, heute kommt es nur noch selten vor, eigentlich nur, wenn ich an damals erinnert werde ... was zum Glück nicht allzu oft passiert. Manchmal sind sie heftig, wie vor ein paar Tagen im Wohnzimmer, aber es ist nicht immer so schlimm, trotzdem halten sie stundenlang an. Ich kann mich nie daran erinnern, genauso wenig wie an die Albträume. Verstehst du, was ich dir damit sagen will?"

„Ich denke schon."

„Anna, wenn du bei mir bist, ist alles anders. Du schaffst es, mich innerhalb von Minuten von meinen Ängsten zu befreien, selbst die verschiedensten Tabletten und Spritzen, die ich in meinem Leben schon nehmen musste, haben das nicht geschafft! Ich konnte nicht anders und musste Josh heute Morgen sofort davon berichten, du glaubst nicht, was er alles in meinen Trancezeiten schon durchmachen musste. Ich habe das Gefühl, das du mich zu einem neuen Menschen machst, einem *besseren* Menschen!"

„Ich muss dich nicht zu einem besseren Menschen machen, du bist perfekt, so wie du bist!"

„Habe ich dir eigentlich heute schon gesagt, dass ich dich liebe?", mit ihrem Gesicht in beiden Händen strahlte er sie an.

„Ich liebe dich auch!", ihr inniger Kuss wurde durch ein Klopfen unterbrochen.

„Aiden? Das Bad ist jetzt frei, und wenn du noch vor dem Essen duschen willst, solltest du dich Beeilen!", Josh streckte seinen Kopf durch den Türspalt und grinste beide schief an.

„Natürlich nur, wenn du von deiner holden Maid loskommst!", im nächsten Moment zog er den Kopf weg, da Anna ein Kissen nach ihm warf.

„Gut geworfen, aber leider nicht getroffen!", er streckte ihr die Zunge raus und verschwand aus ihrer Sicht.

„Mein Gott, wie hältst du das nur den ganzen Tag auf der Arbeit mit ihm aus?", lachend ließ sie sich in die Kissen fallen und Aiden beugte sich über sie.

„Auf der Arbeit haben wir Stöpsel in den Ohren, da bekomme ich nicht viel mit!", er drückte ihr lachend einen Kuss auf die Wange und ging dann ins Bad.

Nachdem Anna niemanden in der Küche, sowie im Wohnzimmer angetroffen hatte, ging sie wieder in ihr Zimmer und nahm sich ein Buch. Nach nur wenigen Minuten ging die Tür auf und sie musste schlucken. Aiden stand mitten im Zimmer und hatte nichts außer einer tief sitzenden Jeans an. Sie betrachtete ihn von unten nach oben und konnte ihren Blick nicht von seinem unglaublich athletischen, wunderschönen Oberkörper nehmen. Mit vielem hatte sie gerechnet, aber dieser Anblick verschlug ihr vollkommen die Sprache.

„Anna?"

„Ehm ... ja?"

„Ich habe dich gefragt, ob du mir das Shirt hinter dir reichen kannst!", schmunzelnd sah er sie an und konnte sich ein Kichern nicht verkneifen.

„Klar ... klar kann ich ...", doch sie konnte den Satz nicht beenden, denn Aiden kam auf sie zu, beugte sich über ihren Körper und griff hinter sie nach dem T-Shirt. Jetzt war Anna diejenige, die in Trance zu sein schien. Auch Aiden war sich vorher nicht bewusst, dass er solch eine Wirkung auf sie hatte. Noch nie wurde er so angeschaut, voller Faszination und ... Verlangen.

Sie schauten sich in die Augen und Aiden nahm ihr das Buch aus der Hand, warf es mit seinem Shirt auf das Bett. Er kniete sich vor sie, legte eine Hand in ihren Nacken und zog sie vorsichtig in einen leidenschaftlichen Kuss. Aus der Trance erwacht, glitt sie von der Bettkante nach unten und saß nun rittlings auf seinem Schoss. Aiden umgriff sie sofort mit seinem freien Arm und sie fuhr mit ihren Händen an seinem Rücken auf und ab, konnte endlich seine weiche, warme Haut an ihren Fingerspitzen fühlen. Auch konnte sie seine Erregung an ihrer Mitte spüren, was nur noch mehr Hitze in ihr entfachte. Der Kuss wurde fordernder und ihre Atmung beschleunigte sich, als Aiden seine Hände unter ihr Shirt und auf ihren Rücken legte. Jede seiner Berührungen kribbelte auf ihrer Haut und auch ihm ging es nicht anders.

Es klopfte an der Tür.

„Anna, Aiden! Essen ist fertig!"

Kurzzeitig erstarrten sie in dem Kuss, öffneten ihre Augen und lösten sich ungewollt voneinander.

„Wir kommen!", als Anna die Zweideutigkeit ihrer Worte bewusst wurde, weil Aiden sie schief anlächelte, fingen beide lauthals an zu lachen. Nachdem sie sich etwas beruhigt hatten, standen sie auf, Aiden zog sich sein Shirt an und sie gingen in die Küche.

„Was war denn grade so lustig?"

Anna und Aiden schauten sich an und mussten schwer an sich halten, um nicht wieder laut loszulachen.

„Situationskomik, würdet ihr nicht verstehen!", sie streckte diesmal Josh die Zunge raus und setzte sich neben Samy an den Tisch, die ihren Teller schon vollstapelte.

„Was sollen wir denn heute mal Schönes machen?", Samy fragte in die Runde und alle überlegten still vor sich hin, bis Aiden einen Vorschlag machte.

„Das Wetter ist schön, wir könnten in den Park gehen und ein Eis essen?"

Alle drei stoppten in ihren Bewegungen und sahen ihn entgeistert an. Josh fasste ihm an die Stirn und schaute die Mädels ratlos an.

„Fieber hat er schon mal nicht, keine Ahnung, was mit ihm los ist!", er wurde von Aiden mit dem Ellenbogen in die Seite gestoßen und verzog schmerzhaft das Gesicht.

„Ist ja gut, Bro. Wenn du unbedingt in den Park willst, dann gehen wir halt dahin!" Anna und Samy fingen an zu lachen. Joshs Anblick war einfach zum Schießen.

Nach dem Essen zogen sich alle dick an und machten sich auf den Weg zum Park. Anna merkte, dass Aiden schon viel entspannter war, als beim ersten Mal. Doch jedes Mal, wenn ein Auto an ihnen vorbeifuhr, zuckte er kurz zusammen.
„Ist alles Okay bei dir?"
„Ja, ich mag nur einfach keine Autos!"
Da sie merkte, dass er noch nicht darüber reden wollte, umfasste sie seine Hand noch etwas fester und ging wortlos weiter.
Im Park angekommen, gönnte sich jeder eine große Eistüte, sie setzten sich auf eine Parkbank und beobachteten die Leute. Es waren sehr viele Familien mit ihren Kindern da, um das schöne Wetter auszunutzen. Nachdem sie sich stundenlang festgequatscht hatten, gingen sie noch ein Stück weiter, um sich Schläger für den Minigolfplatz zu leihen. Sie bildeten zwei Teams, Pärchen gegen Pärchen und versuchten alles, um das gegnerische Team abzulenken.
Als sie am frühen Abend nach Hause kamen, zogen sich alle ihre Pyjamas an und legten sich aufs Sofa. Da Samy und Josh verloren hatte, waren sie für Popcorn und Getränke zuständig, Anna und Aiden durften als Gewinner den Film aussuchen.
„Trotzdem bin ich mir sicher, dass ihr irgendwie geschummelt habt! Aiden hat vorher noch nie einen Minigolfschläger in der Hand gehabt und Samy hat mir erzählt,

dass Anna grottenschlecht in jeglicher Sportart ist!", Josh diskutierte noch immer, was alle anderen sehr amüsant fanden.

„Ich würde mal sagen, Anfängerglück! Ach ja, wir hätten gerne jeder eine Cola, mit je zwei Eiswürfeln, bitte!", Aiden und Anna gaben sich ein High Five und kuschelten sich dann auf der Couch zusammen.

Nach dem Film, als Samy und Josh sich schon verabschiedet hatten, gingen auch Anna und Aiden ins Bett.

„Der Tag war wirklich schön!", sie kuschelte sich an seine Brust und fuhr mit ihrem Finger kleine Kreise auf seinen Bauch. Aiden nickte nur und gab ihr einen Kuss auf den Scheitel.

Er schien sehr müde zu sein, denn ihm fielen wenige Sekunden später schon die Augen zu. Anna reckte sich nach oben, gab ihm einen Kuss und schlief kurz danach ein.

## 28. April 2016

Leise Musik ließ Anna erwachen. Sie streckte sich und schaute nach oben, Aiden schien noch zu Schlafen. Sie stellte den Wecker aus und begann Aiden mit Küssen zu wecken. Sie verteilte viele kleine Küsse auf seine Stirn, seine Wangen, seine Nase und auch seinen Mund, als er auf einmal seine Arme um Anna legte und sie schnell auf sich zog. Ein kurzer Schrei entkam ihr, da sie niemals damit gerechnet hatte.

„Warst du die ganze Zeit schon wach?"

„Nicht die ganze Zeit, aber schon etwas länger!", jetzt war es an ihm, jede Stelle ihres Gesichtes zu küssen.

„Also lag der feine Herr hier und hat einfach nur genossen?"

„Ja und ich würde es immer wieder tun!"

Lachend wälzten sie sich im Bett rum, bis Anna auf einmal unter ihm lag.

„Engel, ich wurde noch nie so schön geweckt! Das kannst du gerne jeden Morgen machen!", neckend lächelte er sie schief an, ein Lächeln, das Anna die Hitze durch den Körper trieb. Sie legte ihre Hand in seinen Nacken und zog ihn zu sich runter, um ihn erst sanft, dann fordernder zu küssen. Sein Zungenspiel wurde wilder und auch, wenn er versuchte es zu verstecken, Anna konnte seine Erregung an ihrer Mitte spüren. Sie verloren sich vollkommen in dem Kuss, erkundeten sich gegenseitig auf eine völlig neue Art. Ihre Hände verschwanden unter seinem Shirt und sie ertastete jede seiner harten Bauchmuskeln unter der weichen Haut. Auch er tastete sich langsam vor, streichelte ihre von Gänsehaut besetzte Haut. Beider Atem beschleunigte sich und ihre Küsse wurden noch leidenschaftlicher, noch wilder, sie wollten mehr voneinander. Sie krallte vor Erregung ihre Finger in seinen Rücken, was er erst mit einem Zischen, dann mit einem leisen Stöhnen kommentierte. Als er sich von ihren Lippen löste, um ihren Hals abwärts zu liebkosen, klopfte es an der Tür. Panisch sah Aiden auf den Wecker und stellte fest, dass er viel zu spät dran war.

„Aiden? Hast du verschlafen?"

„Ich bin in einer Minute da!", er sah sie entschuldigend an und drückte ihr noch mehrere Küsse auf den Mund.

„Mit dir vergesse ich einfach jegliches Zeitgefühl!", beruhigen lächelte er auf sie runter, was sie erwiderte.

„Mir geht es nicht anders! Du musst dich aber jetzt wirklich beeilen!"

„Ich bin ja schon weg. Ich liebe dich, wir sehen uns heute Mittag!"

„Ich liebe dich auch!", nach einem letzten, viel zu kurzen Kuss verschwand er aus dem Zimmer und Anna blieb alleine in dem großen Bett.

„Was macht dieser Mann nur mit mir?", sie drückte sich ein Kissen auf ihr Gesicht und schrie hinein, die letzten paar Minuten waren so heiß, aber auch so verwirrend gewesen. Erst ein einziges Mal hat sie so etwas in der Art erlebt. Da gab es diesen Jungen, Stefan, in den sie in ihrer Jugend verliebt war. Er war zwei Jahre älter als sie und wollte sie auf einer Party verführen. Doch als er unter ihr Shirt greifen wollte, stoppte sie ihn, was er nur belächelte und sie alleine ließ. Bei Aiden war das anders. Sie *wollte*, dass er unter ihr Shirt greift, konnte nicht genug von seinen Berührungen bekommen. Oder von seinem heißen Atem auf ihrer Haut, den sanften Küssen auf ihrem Hals. Alles, was er tat, fühlte sich unbeschreiblich gut an und sie war süchtig ... süchtig nach ihm.

Nach einer kalten Dusche, die Anna dringend gebraucht hatte, fuhr sie mit Samy ins Tierheim und schnappte sich ihre drei Rabauken. Nach einer sehr langen Spazierrunde und einer großen Eistüte ging sie wieder zurück zu Samy, die ihre Arbeiten schon alle erledigt hatte.
„Was hältst du davon, wenn wir Tante Kate noch auf der Arbeit besuchen? Es ist nicht weit von hier und sie würde sich bestimmt freuen!", Anna stimmte ihr zu und sie gingen zu Fuß in die Anwaltskanzlei, in der Kate arbeitete.

Nachdem sich Kate spontan freinahm, um mit den Mädels in die Stadt zu gehen, kamen sie erst am späten Abend zurück.

„Ich fand ja das rote Kleid an Kate schöner, aber auch das grüne war ...", Anna stoppte im Satz, da Josh die Haustür vor ihnen aufriss.

„Wo wart ihr so lange? Wisst ihr eigentlich, was wir uns für Sorgen gemacht haben! Warum geht ihr nicht an eure Handys?", sauer, aber auch froh, dass sie endlich wieder zu Hause waren, nahm Josh sie in den Arm.

„Was regst du dich denn so auf? Wir waren noch mit Kate shoppen und danach was essen. Unsere Handys haben wir nicht gehört. Du kennst New York, da ist es an jeder Ecke laut!", Samy keifte ihn an und verstand die ganze Aufregung nicht.

„Warum ich mich so aufrege? Weil Aiden total am Ende ist! Wenn ihr wüsstet, was ... geh bitte einfach zu ihm, Anna. Er ist in seinem Zimmer!"

Sie stürmte an ihm vorbei und öffnete die Tür. Aiden lag auf dem Bett, starrte an die Decke und zitterte am ganzen Körper. Sie zog in Windeseile ihre Jacke und ihre Schuhe aus, setze sich rittlings auf ihn und nahm sein Gesicht in beide Hände. Er sah ihr in die Augen und setzte sich schwungvoll auf, legte seine Arme um ihren Körper und zog sie fest an sich.

„Aiden, es tut mir leid! Ich hätte mich melden sollen, ich hätte ..."

„Du bist hier, alles andere ist egal."

Anna konnte ihre Tränen nicht mehr zurückhalten. Sie wusste nicht, warum er sich so unglaubliche Sorgen machte, aber sie spürte, dass es mit seiner Vergangenheit zusammenhing. Sie krallte sich in seinen Rücken und drückte ihn ebenso fest, wie er sie.

„Es tut mir so unglaublich leid!"

Er drückte sie etwas von sich und sah sie an. Sein Gesicht war schmerzverzerrt und er strich mit seinem Daumen ihre Tränen weg.

„Bitte, hör auf zu weinen. Du hast nichts Schlimmes getan, es hat mich nur an ... früher erinnert. Daran, dass ... *sie* ... nie wieder nach Hause gekommen ist."

Anna legte ihren Kopf an seine Schulter und streichelte beruhigend seinen Rücken.

„*Sie?*"

„Meine kleine Schwester."

Anna nickte nur und ließ sich, zusammen mit Aiden, zurück in die Kissen fallen. Sie wollte und konnte nicht weiter fragen, denn sie spürte seinen Schmerz in ihrem Körper. Sie lagen einfach nur da, hielten sich fest und vergossen stille Tränen, bis Aiden sich mit ihr drehte. Sie lagen nun nebeneinander, sahen sich in die Augen, ließen sich nicht los und schliefen irgendwann erschöpft ein.

## 29. April 2016

Wieder wachte Anna durch die leise Musik auf, die aus dem Wecker ertönte. Sie lag in Aidens Armen und konnte sich nur schwer befreien, um den Wecker auszuschalten. Sie rieb sich die Augen und streckte sich leicht, kuschelte sich dann wieder zu ihm.

„Werde ich heute nicht mit Küssen geweckt?", Anna schreckte auf, sie dachte, er wäre noch am Schlafen. Er hatte die Augen noch geschlossen und schien zu warten, also beugte sich Anna nach vorne und gab ihm viele kleine Küsse auf sein Gesicht.

„Jetzt fühle ich mich gleich besser!", sein Mund verzog sich zu einem Lächeln und er öffnete die Augen. Was er sehen konnte, gefiel ihm gar nicht. Anna schenkte ihm kein Lächeln, sie sah traurig aus.

„Engel, was ist denn los? Ist es wegen gestern?", mit beiden Händen an ihren Wangen sah er sie eindringlich und sorgevoll an. Er wollte ihr gestern Abend so gerne alles erzählen, doch es ging nicht. Die Angst, dass sie ihn abstoßen oder gar verlassen könnte, war zu groß.

„Ich habe dich gestern verletzt und das ist das Letzte, was ich wollte. Außerdem hatte ich große Angst, dass du jetzt wieder in ein tiefes Loch fällst."

„Anna, schau mich an ... ich falle nicht in ein tiefes Loch. Solange du bei mir bist, ist das nicht möglich. Zudem hast du mich gestern nicht verletzt, das könntest du gar nicht! Ich habe mich in die Erinnerung reingesteigert und hatte Angst, dass ich dich genauso verlieren könnte." Er küsste sie sanft und mit all seiner Liebe, streichelte dabei mit dem Daumen über ihre Wange.

Als sie Schritte im Flur hörten, wurde ihnen bewusst, dass Aiden auf die Arbeit musste.

„Bist du dir sicher, dass du arbeiten gehen willst?"

„Ja, wenn ich heute nicht gehe, könnte ich den Urlaub nächste Woche gefährden und das will ich nicht!", sie küssten sich wieder, als würde ihr Leben davon abhängen und mussten sich verabschieden.

Der Morgen flog nur so an Anna vorbei, selbst die Aufmunterungsversuche von Samy wollten nicht gelingen. Viel zu sehr beschäftigte sie der Verlust, den Aiden erlitten haben muss. Ob seine kleine Schwester gestorben ist? Wurde sie der Familie entrissen? Wo sind seine Eltern? Viel zu viele Fragen tummelten sich in ihrem Kopf.

„Die Jungs kommen gleich von der Arbeit, sollen wir anfangen zu kochen?", Anna nickte und folgte Samy in die Küche.

„Du, Samy? Wie schlimm war es wirklich mit Aiden, bevor ich hierherkam?"

Samy sah mitleidig zu Anna und war mit sich am Hadern.

„Anni, ich weiß nicht, ob das gut wäre, wenn ich dir das erzähle. Außerdem weiß ich ja auch kaum etwas über ihn oder über seine Vergangenheit!"

„Ich möchte auch nichts über seine Vergangenheit wissen, sondern wie er war, bevor ich hierherkam. Bitte, Samy!", sie nahm Samy Hand und drückte sie leicht, sah sie bittend an. Samy nickte und setzte sich zusammen mit ihr an den Tisch.

„Keiner der Jungs erfährt etwas hiervon, verstanden?", Anna nickte und hob zum Schwur zwei Finger.

„Also, als ich hier eingezogen bin, habe ich nicht wirklich viel von ihm mitbekommen, er war die meiste Zeit in seinem Zimmer. Ich habe auch als erstes gedacht, dass er mich nicht leiden kann oder sauer auf mich ist, aber so war es nie. Die erste Zeit hatte Josh so viel Angst um ihn, weil er nicht mehr geschlafen hat, dass ich wieder ausziehen sollte, doch Aiden wollte es nicht. Josh hat mich also auf die Albträume vorbereitet und Aiden hat wieder geschlafen. Naja, wenn man das Schlafen nennen kann. Er ist mehrmals in der Nacht schreiend aufgewacht, hat nach uns getreten, geschlagen und uns angebrüllt. Meistens *‚bitte, tu es nicht'* oder *‚lass mich nicht* *alleine*'. Anni, es war herzzerreißend, ich habe noch nie jemanden so leiden sehen. Auch Josh ging es jedes Mal nah, obwohl er das schon jahrelang mit ihm durchgemacht hat. Er musste schon so schlimme Dinge mit ansehen, konnte nie in den Urlaub fahren oder mal etwas nur für sich machen. Wir konnten kaum etwas unternehmen, weil er Aiden nicht alleine lassen wollte. Du kannst dir nicht vorstellen, wie gut es ihm in den letzten Tagen geht. Du tust uns allen so gut...", sie musste im Satz abbrechen, da die Haustür aufgeschlossen wurde. Josh und Aiden kamen in die Küche und begrüßten beide liebevoll. Beim Essen hielten sie normalen Smalltalk und entschieden, danach wieder in den Park zu gehen.

Diesmal nahmen sie Decken und Kissen mit, um sich bei dem tollen Wetter auf die Wiese zu legen. Samy und Josh holten Eis für alle, Anna und Aiden kuschelten sich auf die Decke. Sie saß zwischen seinen Beinen, lehnte ihren Rücken an seinen Oberkörper und er umarmte sie. Die Welt stand für ein paar Stunden still und alles war vergessen.

„Ich muss in einer Stunde los zur Bar, hast du Lust mitzukommen? Du musst auch nicht bis zum Ende bleiben und kannst mit Josh nach Hause fahren." Anna saß mit einem Glas Rotwein auf dem Sofa, Aiden stand noch unter der Dusche.

„Ich würde gerne noch abwarten bis Aiden wieder hier ist. Ihm ging es gestern Abend nicht so gut und ich möchte ihn ungern alleine lassen!", entschuldigend sah sie zu Samy, doch die grinste über beide Ohren.

„Bist du nicht ... böse?"

„Niemals, wieso sollte ich? Du warst heute den ganzen Tag so nachdenklich und irgendwie ... traurig. Eine volle, verqualmte Bar wird daran bestimmt nichts ändern, aber ein knackiger Aiden schon." Sie zwinkerte ihr zu und Anna warf ein Kissen nach ihr.

„Du glaubst doch nicht wirklich, dass ich diese Spannung zwischen euch nicht merken würde? Ich bitte dich, Anna! Ich bin deine beste Freundin, ich weiß, was das für Blicke sind. Lief denn schon was zwischen euch?"

„Nein, also ... nicht wirklich. Wir haben wild rumgeknutscht, aber weiter konnten wir noch nicht gehen."

„*Würdest* du denn weitergehen?"

„Ich glaube ... schon. Ich konnte mir mein erstes Mal nie vorstellen, aber mit ihm ist das anders. Vor zwei Tagen stand er mit nacktem Oberkörper vor mir und ich hätte fast gesabbert!", Samy fing lauthals an zu lachen und auch Anna stieg mit ein. Als Josh den Raum betrat und fragte, was so lustig sei, mussten sie nur noch mehr lachen.

Sobald Aiden aus dem Badezimmer kam, stürzten sich Samy und Josh darauf, um sich für den Abend zu stylen.

„Die haben es ja eilig!"

„Samy muss gleich arbeiten und Josh begleitet sie."

„Du begleitest sie nicht?"

„Nein, ich habe keine große Lust."

Er setzte sich zu ihr und zog sie in seinen Arm, presste ihr einen Kuss auf den Mund.

„Wie kann ich dir denn den heutigen Abend verschönern?", verliebt sah er sie an, mit einem leichten Lächeln auf den Lippen. Anna zuckte mit den Schultern und ließ sich, wie immer, von seinem Lächeln anstecken. Vielleicht sollten sie den heutigen Abend als ganz normales Paar verbringen.

„Wir könnten einen Film schauen und uns Pizza bestellen?", als Anna ihn fragend ansah, fing Aiden nur noch mehr an zu grinsen.

„Das klingt perfekt! Suchst du einen Film aus?", sie nickte ihm zu und ging in ihr Zimmer, wo Aiden seine Filme aufbewahrt. Nach nur wenigen Minuten wurde sie fündig und ging zurück ins Wohnzimmer, wo schon Samy und Josh auf sie warteten.

„Wir müssen jetzt los. Habt viel Spaß heute Abend und tut nichts, was wir nicht auch tun würden!", Samy zwinkerte ihr zu und

Josh fing an zu kichern, was Anna nur mit dem Verdrehen ihrer Augen kommentierte. Sie verabschiedeten sich und Anna kuschelte sich zu Aiden, der schon auf dem Sofa saß und seine Arme für sie ausbreitete.

Sie schauten die Komödie und aßen ihre Pizza, lachten zusammen und ließen sich dabei keine Sekunde los. Da es schon sehr spät war, zogen sie sich für die Nacht um und gingen in ihr Zimmer, wo sie sich auf das Bett schmissen und eng umschlossen dalagen.

„Aiden? Meinst du, du fängst wieder mit den Tabletten an, wenn ich ... zurück muss?", ein lautes Schnaufen entfuhr ihm.

„Ich habe die ganze Zeit versucht, zu verdrängen, dass du wieder zurückmusst. Ich möchte einfach nicht mehr ohne dich sein, ich *kann* nicht mehr ohne dich sein! Also denke ich, dass mir nichts Anderes übrig bleibt. Aber ich möchte nicht, dass du denkst, das es deine Schuld ist! Ich bin das Problem, ich habe mir mein Leben selbst versaut!", er schloss die Augen und sein Gesicht verzog sich gequält.

„So darfst du nicht von dir denken! Klar, ich weiß nicht, was vorgefallen ist, aber du bist kein schlechter Mensch, da bin ich mir sicher!"

„Anna, wenn du wüsstest, was ich getan habe ... du würdest mich hassen! Du würdest mich hassen und dich von mir entfernen. Ich darf dich nicht verlieren,

Engel. Ich liebe dich und ich kann den Gedanken daran, dich nicht mehr bei mir zu haben, nicht ertragen!", er zitterte mittlerweile leicht am ganzen Körper und eine Träne lief ihm die Wange hinab. Auch Anna spürte die Tränen in ihren Augen und wollte nun endlich Klarheit. So konnte es nicht weitergehen, denn immerhin hatte sie vor, zu ihm zu ziehen und das ging nur, wenn sie die Wahrheit wusste. Sie brauchte die Sicherheit, dass er kein schlechter Mensch war, so wie er es anders von sich behauptete.

„Du wirst mich nicht verlieren und ich könnte dich nie hassen! Ich liebe dich doch!"

„Du wirst mich nicht mehr lieben ...", Anna unterbrach ihn und nahm sein Gesicht in beide Hände. Tränen lösten sich aus ihren Augen.

„Aiden, ich werde dich immer lieben!", sie küsste ihn zärtlich und sah ihm danach eindringlich in die Augen.

„Was hast du getan?"

„Ich bin schuld am Tod meiner Schwester ... und an dem meiner Eltern ...", er machte die Augen zu, hätte ihren vorwurfsvollen Blick nicht ertragen können, doch Anna blieb ruhig und konnte nicht glauben, dass es seine Schuld sein sollte. Also lehnte sie sich vor und küsste ihn wieder sanft auf den Mund, was ihn schreckhaft zusammenzucken ließ.

„Erzähl es mir, bitte!", sie kuschelte sich an seine Brust und hielt ihn so fest, wie sie konnte, auch er klammerte sich an sie und begann zu sprechen.

„Meine Eltern waren noch sehr jung, als meine Mutter mit mir schwanger wurde. Ich war, wie man es so schön sagt, ein *‚Unfall'*. Da sie die Schwangerschaft zu spät erkannten, kam eine Abtreibung nicht mehr infrage, also wollten sie mich zur Adoption freigeben. Niemand stand hinter ihnen, selbst ihre Eltern haben sich von ihnen entfernt und sagten, sie sollten erst wiederkommen, wenn *‚das Problem'* beseitigt ist. Doch als meine Mutter mich nach der Geburt in den Armen hielt, konnte sie mich nicht abgeben. Sie hat mir immer gesagt, dass sie in dem Moment ihre große Liebe kennengelernt hat. Auch mein Vater hätte mich nicht abgeben können, sagte immer, dass er seine Familie nicht mehr bräuchte, denn wir wären jetzt unsere eigene Familie. Ich habe meine Großeltern nie kennengelernt, sogar Bilder von ihnen existierten in unserem Zuhause nicht. Wir hatten eine kleine Wohnung in Queens, kein Luxus, aber groß genug zum Leben und wir waren wirklich eine kleine, glückliche Familie. Als ich drei Jahre alt war, wurde meine Mutter wieder schwanger und brachte meine kleine Schwester Amanda zur Welt. Ich habe sie so sehr geliebt, das kannst du dir nicht vorstellen! Sie sah

genauso aus wie ich, hatte wilde, braune
Locken und das schönste Lächeln dieser
Welt. Von der ersten Sekunde an, wusste
ich, dass ich immer auf sie aufpassen
musste. Sie war das Wertvollste in meinem
Leben."
 Aiden hielt kurz inne und atmete tief
durch, dann umfasste er Anna noch fester
und erzählte weiter.
 „Ich habe für mein Leben gerne Football
gespielt und durfte, als ich sechs Jahre alt
wurde, sogar einer Mannschaft beitreten, in
der ich auch Josh kennenlernte. Wir waren
sofort die allerbesten Freunde und
unzertrennlich. Er war immer so was wie
mein großer Bruder und ich konnte mich in
jeder Sekunde auf ihn verlassen. Jahrelang
trainierten wir jeden Dienstag und
Donnerstag, Samstag standen immer Spiele
auf dem Plan. Der Trainer sagte immer, mir
stände eine große Karriere bevor und mein
Vater hätte nicht stolzer sein können. Er
war bei jedem Spiel dabei und feuerte mich
an, ich war der glücklichste Junge der Welt.
Als ich zwölf Jahre alt war, sollte ich ein
weiteres Geschwisterchen bekommen.
Meine Mutter war in der neunten Woche
schwanger und wir freuten uns alle sehr.
Eines Samstags, als wieder ein Spiel
anstand, musste meine Mutter zu einer
Untersuchung, also sollte ich mit dem Bus
zum Spiel fahren, während mein Vater
Amanda zu ihrer Tanzstunde bringt. Wenn

ich doch nur vorher gewusst hätte, was passiert, dann hätte ich ... ich hätte ...", er fing an zu weinen und krallte sich an Anna, seine Atmung ging stoßweise und sein Körper spannte sich an.

„Ganz ruhig, Aiden. Ich bin bei dir!", sie kraulte ihm sanft den Rücken und küsste seine Schläfe, hörte dabei aber nicht auf zu weinen. Sie konnte nicht fassen, wie jemand, der so eine schöne Kindheit hatte, so kaputt sein konnte. Als Aiden sich wieder etwas beruhigte, sah er ihr in die Augen und Anna konnte den Schmerz darin sehen.

„Engel, du wirst mich hassen. Ich kann dich nicht verlieren ..."

„Aiden, erzähl bitte einfach weiter. Du wirst mich nicht mehr los, egal, was du mir erzählst!", sie kuschelte sich wieder an seine Brust und ließ ihm keine andere Wahl, als ihr alles zu erzählen.

„Ich war so sauer, dass mein Vater nicht mit mir zusammen zu dem Spiel fuhr und ich mit dem Bus fahren musste, immerhin war das vor den anderen Kids vollkommen uncool. Also rief ich meinen Vater an und sagte ihm, dass ich den Bus verpasst hätte und er mich holen müsste. Ich wusste, dass es ihm wichtig war und er umdrehen würde. Ich wartete eine halbe Stunde, doch es kam niemand und den Bus hatte ich mittlerweile wirklich verpasst. Als ich, so sauer wie ich war, reingehen wollte, fuhr Joshs Mutter vor und sammelte mich ein. Sie sagte mir, dass meine Mutter sie angerufen hätte, und drückte mich viel fester als sonst. Ich ahnte in dem Moment noch nicht, dass sie schon längst wusste, was passiert war. Als ich nach dem Spiel wieder nach Hause gebracht wurde, kam meine Mutter mir schon entgegen und war bitterlich am Weinen. Sie sagte mir, dass mein Vater und Amanda einen Unfall hatten und das er im Koma liegen würde. Als ich sie fragte, ob Amanda schon zuhause wäre und ob ich zu ihr könnte, sagte sie bloß ‚*Amanda kommt nie wieder nach Hause*'. In diesem Moment fiel meine Welt zusammen. Ich sollte meine kleine Schwester nie wiedersehen."

Wieder schluchzte er auf, doch er fing sich schnell wieder, als würde Anna ihm den Schmerz abnehmen.

„Jeden Tag besuchten wir meinen Vater im Krankenhaus, warteten darauf, dass er endlich wieder aufwacht. Wir schliefen jede Nacht zusammen in einem Bett und weinten uns in den Schlaf, der Unfall hatte meine Mutter und mich noch enger zusammengeschweißt. Auch das Baby wurde für uns beide überlebenswichtig, es könnte zwar Amanda nie ersetzen, aber das sollte es auch nicht. Nach sechs Wochen bekamen wir einen Anruf vom Krankenhaus, dass mein Vater wieder aufgewacht und ansprechbar sei. Wir waren die glücklichsten Menschen der Welt und machten uns sofort auf den Weg zu ihm. Als wir ankamen, fiel meine Mutter ihm um den Hals und beide fingen an zu weinen. Auch ich war völlig aufgelöst und stand lachend und weinend zugleich vor seinem Bett. Sie lösten sich voneinander und ich eilte zu ihm, um ihn auch endlich umarmen zu können und kuschelte mich an seine Brust. Doch er drückte mich von sich. Nein ... er drückte mich nicht von sich, er schubste mich regelrecht weg, sodass ich mich kaum noch auf den Beinen halten konnte. Meine Mutter gab mir halt und fragte meinen Vater, was das denn sollte. Ich klammerte mich an sie, war völlig verstört und mein Vater spuckte uns die nächsten Worte regelrecht entgegen.

*‚Er ist schuld am Tod unserer Tochter!'*
Meine Mutter flüsterte mir zu, dass ich draußen auf sie warten sollte, und schob mich zur Tür. Widerwillig löste ich mich von ihr, es war die letzte Umarmung, die ich vor deiner bekommen habe. Ich setzte mich vor die Tür und umklammerte meine Beine, konnte nicht fassen, was mein Vater gesagt hatte. Dann fingen meine Eltern an zu streiten und ich kann mich noch an jedes Wort erinnern, das sie gesagt haben. Er erklärte ihr, dass ich ihn angerufen hätte und er daraufhin umdrehen musste. Das Nächste, woran er sich erinnern könnte, wäre der Lkw gewesen, der auf sie zukam und dass es einen Aufprall gab. Von der Polizei erfuhr ich Jahre später, dass mein

Vater an dem Unfall schuld war, doch davon sagte er uns nichts. Als er wieder zu sich kam, bekam er nur mit, wie Feuerwehrleute seine tote Tochter aus dem Auto befreiten und danach war alles schwarz. Er schrie mehrmals, dass ich es schuld war und das ich in der Hölle schmoren sollte, er wusste, dass ich ihn hören konnte. Ich weiß nicht, was ich in diesen Minuten getan habe, dass Nächste, an das ich mich erinnere, ist, dass mehrere Krankenschwestern in sein Zimmer liefen und mit meiner Mutter auf einer Liege wieder rauskamen. Ich lief hinter ihnen her, doch sie stoppten mich. Ich wartete mehrere Stunden vor der Tür, durch die sie die Liege mit meiner Mutter geschoben hatten, bis mich eine Krankenschwester ansprach. Sie fragte mich, ob sie jemanden für mich anrufen sollte, bei dem ich über Nacht bleiben könnte. Ich wollte einfach niemand außer meiner Mutter sehen, also sagte ich ihr, dass meine Großeltern mich abholen würden. Danach verließ ich das Krankenhaus und lief nach Hause. Da ich keinen Schlüssel hatte, schlief ich in unserem Gartenhaus und ging am nächsten Morgen sofort wieder ins Krankenhaus, um nach meiner Mutter zu schauen. Sie lag in einem Zimmer und war am Schlafen, ich sehe noch immer ihr Gesicht vor mir. Aufgequollen, verheult und schmerzverzehrt. Ich legte mich neben sie und kuschelte mich in ihren Arm, so wie ich es auch die Nächte davor gemacht habe, doch sie wachte auf und drückte mich von sich. Ihr Ausdruck wurde so wütend, selbst mein Vater hatte mich so nicht angesehen.

*‚Du hast nicht nur Amanda getötet, du hast auch das Baby auf dem Gewissen! Lass dich hier nie wieder blicken!'*

Sie zischte mir die Worte entgegen, doch ich verstand sie klar und deutlich. Ich wollte an ihren Bauch fassen, doch sie ließ mich nicht, sie schlug meine Hand weg und schrie mich an.

*‚Wir hätten dich damals abgeben sollen, du hast unser Leben zerstört!'*

Auch wenn ich geschockt war, dachte ich zu diesem Zeitpunkt noch, dass sie sich wieder beruhigen würde, dass sie die Worte nicht ernst gemeint hätte. Ich entschied also, ihr ein wenig Zeit zu geben und setzte mich vor ihre Tür. Nach fünf Stunden startete ich einen neuen Versuch und setzte mich neben ihr Bett, nahm ihre Hand und streichelte darüber. Sie schaute mich nicht an, zog ihre Hand weg und sagte *‚du bist für mich gestorben, ich habe keine Kinder mehr!'*. Ich weiß nicht warum, aber in dem Moment wusste ich, dass sie jedes Wort ernst meinte. Sie hasste mich, genau wie mein Vater. Bis heute kann ich mich nicht daran erinnern, was als Nächstes geschah. Ich weiß nur noch, dass mein Vater mir in unserem Gartenhaus einen Eimer Wasser über den Kopf geschüttet hat und mir sagte, ich solle in mein Zimmer gehen. Tagelang musste ich dagelegen haben, ich war abgemagert, hatte höllischen Durst und mein ganzer Körper schmerzte. Mein Vater humpelte vor mir her, ich wusste nicht, wie lange er schon wieder zu Hause war. Im Haus angekommen, sah ich meine Mutter auf dem Sofa sitzen. Sie starrte in den Fernseher und nahm mich nicht war. Als ich zu ihr gehen wollte, riss mein Vater mich am Arm zurück und verbot mir, mich ihr zu nähern. Ich rannte also nach oben in mein Zimmer und ich heulte mir die Augen aus, schrie, krampfte, zitterte. Ich glaube sogar, dass ich mehrmals das Bewusstsein verlor, doch ich kann es nicht genau sagen. Es war niemand da, der es mir hätte sagen können. Niemand kam zu mir, um mich zu trösten und mir wurde klar, dass ich das auch überhaupt nicht verdient hatte. Ich war schuld an dem Tod meiner Geschwister, ich habe beide umgebracht. Als ich schon alle Hoffnungen aufgegeben hatte, öffnete sich meine Zimmertür und mein Vater trat ein. Keine Ahnung, was mich in dem Moment dazu getrieben hat, aber ich stürzte auf ihn zu und wollte in seine Arme, ich brauchte einfach die Zuneigung, war nichts Anderes gewohnt. Doch kurz bevor ich ihn berührte, schlug er mir mit seiner Faust ins Gesicht und ich fiel blutend zu Boden.

‚*Versuch es erst gar nicht, du Mörder!*'

Er warf etwas auf mich und verließ das Zimmer. Als ich mich wieder etwas beruhigte, sah ich mich um und entdeckte eine kleine Flasche Wasser und ein trockenes Brötchen. Ich weiß nicht, wie viele Tage vergingen, die immer genau so abliefen. Irgendwann stand mein Vater in meinem Zimmer und sagte mir, ich solle mich für die Schule fertigmachen. Einer der glücklichsten Tage seit dem Unfall, denn ich konnte mein Zimmer verlassen und durfte Josh wiedersehen. Doch alles kam anders. Ich bekam schon beim Verlassen der Haustüre Panikattacken, hyperventilierte bei jedem vorbeifahrenden Auto. Mit dem Bus konnte ich nicht mehr fahren, also blieb mir nichts Anderes übrig, als zu laufen. Jeden Tag überwindete ich mich und schaffte es, in die Schule zu gehen. Niemand sprach mich auf die Ereignisse an und auch Josh war einfach für mich da, ohne großartige Fragen zu stellen. Als ich immer dünner wurde, weil ich zu Hause täglich nur zwei trockene Brötchen bekam, nahm mich Josh nach der Schule mit zu seiner Familie, doch auch das hörte schnell wieder auf, als mein Vater es mitbekam. So vergingen die Wochen, in denen ich mit niemandem außer Josh gesprochen habe und täglich unter Panikattacken litt. Meine Mutter habe ich nie gesehen, sie versteckte sich regelrecht vor mir, ich konnte nur nachts ihre Schreie hören. Meinem Vater ging ich aus dem Weg, denn er zeigte mir jedes Mal, wie wütend er auf mich war."

Wieder atmete er tief durch und schloss Anna noch fester in seinen Arm, die nächsten Worte fielen ihm noch schwerer, als die vorherigen.

„Eines Nachts wurde ich wach, weil ich einen dumpfen Knall gehört hatte. Draußen war es am Regnen und ein heftiges Gewitter zog über uns hinweg, also kuschelte ich mich tiefer unter meine Decke und presste die Augen zusammen. Als ich hörte, wie sich die Tür öffnete, sah ich wieder auf und mein Vater kniete vor meinem Bett. Er lächelte mich an und streichelte über meinen Kopf, fragte, ob ich Angst hätte. Ich nickte ihm nur entgegen und genoss die vertraute Berührung, die ich so sehr vermisst hatte, bis er anfing zu sprechen. Er sprach die Worte, die mir jede Nacht wieder und wieder durch den Kopf wandern.

‚Weißt du, wo deine Geschwister jetzt sind? Sie sind im Himmel. Und weißt du auch, wo ich deine Mutter grade hin befördert habe? Genau ... in den Himmel! Sie waren die besten Menschen dieser Welt und du hast sie alle getötet! Du bist ein schlechter Mensch und wirst in die Hölle kommen, dann müssen wir dich wenigstens nie wiedersehen. Ich hoffe, dass du nie glücklich wirst, denn das hast du nicht verdient. Du warst von Anfang an ein Fehler. Ich hasse dich abgrundtief und hoffe, dass die nächsten Bilder niemals aus* *deinem Kopf verschwinden. Du hast uns alle getötet, Mörder!'*

Ich wusste nicht, ob ich vielleicht nur träumte, bis er seine andere Hand hob und sich eine Waffe an den Kopf hielt. Ich schrie ihn an, dass er es nicht tun sollte, doch schon beim nächsten Donnerschlag drückte er ab. Er fiel in sich zusammen und lag mitten in meinem Zimmer, der Blutfleck wurde immer größer. Ich weiß nicht, wie lange ich erstarrt war, doch als ich mich wieder bewegen konnte, kamen mir seine Worte wieder in den Sinn.

*‚Und weißt du auch, wo ich deine Mutter grade hin befördert habe?'*

Ich ging also mit großem Abstand an ihm vorbei und rannte in das Schlafzimmer meiner Eltern, in dem meine Mutter auf dem Bett lag. Sie lag auf der Seite und sah mich an. Vorsichtig ging ich auf sie zu, doch sie blinzelte noch nicht einmal. Als ich die Decke anhob, sah ich den großen Blutfleck unter ihr. Er hatte in ihr gebrochenes Herz geschossen."

Anna konnte nicht glauben, was Aiden ihr erzählte. Sie hatte mit vielem gerechnet, aber niemals damit. Ihr ganzer Körper war angespannt und ihre Tränen liefen ununterbrochen. Sie kuschelte sich noch näher an seine Brust, gab ihm zu verstehen, dass sie bei ihm war und auch blieb.

„Aiden? Du bist kein schlechter Mensch und ich werde es nicht zulassen, dass du weiterhin so über dich denkst!", sie schluchzte ihm die Worte entgegen und vergrub ihren Kopf in seiner Halsbeuge.

„Wie kannst du das noch denken, wo du doch jetzt die ganze Geschichte kennst?", er sprach ruhig und leise, wie schon die ganze Zeit, doch sie spürte seine Tränen, die auf ihrem Scheitel landeten. Sie setzte sich ein wenig auf, nahm sein Gesicht in ihre kleinen, warmen Hände und küsste ihn sachte auf die weichen Lippen.

„Jeder Mensch macht Fehler. Dein Fehler hat zwar etwas großes, Schlimmes ausgelöst, aber du bist nicht schuldig an dem, was danach passierte. Du bist nicht gefahren, Aiden! Dein Vater hat den Unfall gebaut und hat ihn selbst verschuldet, er hat es nur verdrängt, indem er dir die Schuld zugeschoben hat."

„Aber es wäre nie passiert, wenn ich ihn nicht angerufen hätte!", so lange hatte er diese Worte eingeredet bekommen, dass er keine andere Wahl hatte, als sie zu glauben.

„Erzählst du mir, wie es dann weiterging?", Aiden nickte und schloss sie wieder in ihre Arme, küsste ihren Scheitel und fing an zu sprechen.

„Wie betäubt krabbelte ich zu ihr ins Bett und kuschelte mich an ihre Brust, nahm ihren Arm und legte ihn schützend über mich. Das Nächste, an das ich mich erinnern kann, ist das Gesicht eines Polizisten. Er erschrak, als ich mich bewegte. Wahrscheinlich hat er gedacht, dass ich auch tot sei. Er hob mich unter dem mittlerweile steifen Arm weg und trug mich nach unten, ich war zu schwach um mich zu wehren. Das nächste Mal bin ich in einem Krankenhaus aufgewacht, Josh und seine Eltern standen an meinem Bett. Sie fragten mich mehrmals, was passiert war, doch ich konnte nichts sagen. Ich erfuhr noch, dass Joshs Mutter, Evelyn, die Polizei gerufen hatte, da nach mehrmaligem Klingeln niemand die Tür öffnete. Sie und Josh wollten mir einen Kuchen vorbeibringen, denn es war mein Geburtstag. Ich musste noch eine Woche im Krankenhaus bleiben und es kamen viele Polizisten vorbei, um mich zu befragen, aber ich konnte mit niemandem sprechen. Als ich entlassen wurde, holten mich Evelyn und Josh ab und nahmen mich mit zu ihnen. Ich bekam sogar ein eigenes Zimmer in ihrem Haus, direkt neben Joshs. Jahre später erfuhr ich, dass das Jugendamt meine Großeltern über alles informiert hatte, doch niemand von ihnen wollte mich bei sich aufnehmen. Als ich dann ins Heim sollte, zögerten Josh und seine Eltern keine Sekunde und nahmen mich bei sich auf."

„Er hat deine Mutter und sich selbst an deinem Geburtstag umgebracht?"

„Ja, an meinem dreizehnten Geburtstag!"

Anna blieb für einen Moment still, um zu verarbeiten, was Aiden ihr alles erzählt hatte. Nun wurde ihr so einiges klar und endlich hatte sie die Gewissheit, dass Aiden wirklich kein schlechter Mensch war, und wusste auch, warum er das von sich dachte. Sie entfernte sich etwas von ihm, um ihn ansehen zu können.

„Wie geht es dir jetzt?", sie strich mit ihrer Hand sanft über seine Schläfe, runter zu seiner Wange, dem Hals, über sein Schlüsselbein und ließ sie auf der Brust liegen, konnte seinen Herzschlag an den Fingerspitzen fühlen.

„Erstaunlicherweise ziemlich gut. Irgendwie ... befreit! Bisher habe ich nur mit Josh darüber geredet und konnte ihm nie alles auf einmal erzählen, da ich ständig Panikattacken und Anfälle bekam, aber bei dir ist wieder alles anders. Als würdest du meinen Schmerz nehmen und ihn in Stärke verwandeln. Ich habe das Gefühl, solange du neben mir liegst, kann mir nichts und niemand etwas anhaben." Gerührt von seinen Worten, beugte sich Anna zu ihm und küsste ihn wie nie zuvor. Die Liebe, die sie ihm damit übermittelte, war so stark, dass Aiden keine Zweifel mehr kommen dürften. Niemals könnte sie diesen wundervollen Mann hassen. Sie kuschelten sich nah aneinander und gähnten gleichzeitig auf. Ohne ein weiteres Wort zu verlieren, schliefen beide völlig übermüdet ein.

## 30. April 2016

Anna und Aiden wachten gleichzeitig auf und lächelten sich entgegen.

„Guten Morgen, mein Engel!", er küsste ihre Stirn und sah sie glücklich an.

„Guten Morgen, konntest du gut schlafen?"

„Sehr gut! Wie immer, wenn du bei mir bist. Geht es dir gut? Ich meine ... ich mache mir ein wenig Sorgen, immerhin war das alles gestern ziemlich viel."

„*Du* machst dir Sorgen um *mich*? Aiden, natürlich war das ziemlich viel auf einmal und ich brauche bestimmt auch noch ein bisschen Zeit, bis ich alles verarbeitet habe, aber du musst dir doch keine Sorgen um mich machen! Du hast mir gestern bewiesen, was ich schon von Anfang an wusste; dass du ein guter Mensch bist! Ich kann mir nicht im Entferntesten vorstellen, wie es dir damals ergangen sein muss, aber ich weiß, dass es nicht deine Schuld war! Und ganz tief in dir weißt du das auch."

Tränen standen in seinen Augen und er sah sie liebevoll an.

„Ich konnte noch nie mit einem Menschen so offen reden wie mit dir und ich weiß nicht, warum, aber du bist der erste Mensch, bei dem es mir etwas bedeutet, wenn er mir sagt, dass ich ein guter Mensch bin. Trotzdem ist alles damals durch meinen

Anruf passiert, ich bin schuld daran und mit dieser Schuld muss ich leben."

Anna küsste ihn sanft auf die Lippen und strich durch sein Haar.

„Wenn du mit der Schuld weiterleben möchtest, okay, aber deine Ängste werden wir überwinden! Wenn du dich mit meinen Augen sehen könntest, dann wüsstest du, was für ein unsagbar toller Mensch du bist und das dir die Welt offensteht."

Jetzt war es an Aiden, Anna zu sich zu ziehen und liebevoll zu küssen. Sie lagen lange da und gaben sich nur ihren leidenschaftlichen Küssen hin, liebten diese Zweisamkeit, liebten einander.

„Engel, wie wäre es, wenn wir aufstehen, frühstücken und danach etwas spazieren gehen?", Anna nickte und freute sich über seinen Vorschlag. Immerhin wusste sie, dass es ihm noch immer nicht leichtfiel. Sie standen auf, gingen nacheinander ins Bad und Aiden bereitete das Frühstück vor, kochte Kaffee und deckte den Tisch mit allem, was der Kühlschrank hergab. Als Anna nach einer ausgiebigen Dusche zu ihm stieß, bemerkte sie, dass der Tisch nur für zwei gedeckt war.

„Frühstücken Samy und Josh nicht mit uns?"

„Glaub mir, die beiden stehen noch lange nicht auf. Wenn der Zwerg in der Bar war, steht sie erst gegen Mittag auf und da Josh sie begleitet hat, wird er auch länger liegen bleiben!", er schenkte ihr einen Kaffee ein und setzte sich zu ihr an den Tisch. Sie ließen sich das Frühstück schmecken und machten sich danach bereit, den Spaziergang zu starten. Als sie die Tür verließen, spannte sich Aidens Körper für einen kurzen Moment an, doch als Anna seine Hand nahm, lockerte er sich wieder. Zum ersten Mal waren sie nur zu zweit unterwegs. Hand in Hand gingen sie los und steuerten den Park an.

„Wie kommt es eigentlich, dass ihr hier wohnt, wo ihr doch in Queens aufgewachsen seid?"

„Das liegt auch an mir. Als ich siebzehn Jahre alt war, wollte ich mich umbringen ...", Anna blieb stehen und sah ihn fassungslos an. Er zog sie noch ein paar Schritte weiter und setzte sich mit ihr auf eine Parkbank, nahm sie fest in seinen Arm und begann ruhig zu erzählen.

„Siebzehn war kein einfaches Alter für mich. Josh interessierte sich schon lange für Mädchen, ging auf Partys und lebte sein Leben, doch ich saß nur zu Hause, denn ich konnte nicht raus. In meinem Kopf gab es nur den Gedanken, dass ich ein glückliches Leben nicht verdient habe. Irgendwann änderte sich der Gedanke und dabei kam raus, dass ich überhaupt kein Leben verdient habe. Ich schrieb also einen Brief an Josh und seine Eltern, in dem ich mich für alles bedankte, was sie für mich getan haben. Ich nahm mir das Bild meiner Schwester, dass einzige, dass ich aus unserer Wohnung mitgenommen habe, und ging los. An unserem alten Haus angekommen, setzte ich mich in die Gartenhütte und schnitt mir die Pulsadern auf."

Er zog seine Jacke etwas nach oben und Anna konnte die leichten Narben an beiden Handgelenken sehen. Wenn man es nicht wusste, waren sie kaum zu erkennen. Sie nahm seine Hand und drückte die narbige Stelle an ihre Lippen, worauf er seine Lippen auf ihre presste. Diese Geste bedeutete ihm so viel, er hätte es nicht in Worten ausdrücken können.

„Erzählst du mir, wie es weiterging?", Aiden nickte und setzte wieder zum Sprechen an.

„Joshs Vater, Michael, kam an diesem Tag früher von der Arbeit und entdeckte den Zettel."

„Zum Glück!"

„Ja, seit ich dich kenne, denke ich mir das auch oft. Jedenfalls konnte er sich denken, wo ich mich aufhielt, rief sofort den Notarzt und setzte sich selbst ins Auto, um mich zu suchen. Er war noch vor den Notärzten da und ich war kaum noch bei Bewusstsein, trotzdem verstand ich jedes Wort, das er zu mir sagte. Er betete und hoffte für mich, weinte bitterlich, so wie es meine Mutter getan hatte, als Amanda gestorben war. In dem Moment wusste ich, dass es für ihn dasselbe Gefühl gewesen sein musste; ein Kind zu verlieren. Und ich wollte kämpfen. An alles, was danach passierte, kann ich mich nicht mehr erinnern. Ich wurde Tage später in einem Krankenhaus wach und wieder saßen Josh und seine Eltern um mich rum. Ich sah zu Michael und dankte ihm, er hatte mir das Leben gerettet. Das waren übrigens die ersten Worte, die ich je zu ihm gesagt hatte. Ich kann mich noch erinnern, wie Joshs Mutter vor Freude gequiekt hat; wie ein kleines Ferkel!"

Beide fingen an zu lachen und Anna konnte es kaum abwarten, diese tollen, selbstlosen Menschen endlich kennenzulernen.

„Da ich von dem Notarzt direkt in ein Krankenhaus gebracht wurde, das sich auf Fälle wie mich spezialisiert hatte, landete ich hier in Jersey City. Ich musste noch mehrere Wochen im Krankenhaus bleiben und da Josh bei mir sein wollte, suchte er sich hier einen Job und seine Eltern, die übrigens beide Immobilienmakler sind, gaben ihm die Wohnung. Er wusste von Anfang an, dass ich nicht mehr nach Queens zurückwollte. Zu viele schlechte Erinnerungen hängen daran. Er besorgte mir einen Job in derselben Firma und den Rest kennst du ja ... er verliebte sich in einen bunten Zwerg, der irgendwann bei uns wohnte und ich lernte dadurch meinen persönlichen Engel kennen!", glücklich lächelte er sie an und auch sie konnte es nicht zurückhalten, wollte ihn einfach nur noch küssen und setzte es sofort in die Tat um. Als sie zurückgingen, war es schon fast Mittag und sie beschlossen, für alle etwas zu kochen.

Nachdem auch Samy und Josh endlich aufgestanden waren, aßen sie alle zusammen und Aiden erzählte von ihrem Morgen im Park. Immerhin war er zum ersten Mal mit jemand anderem, außer Josh, vor die Tür gegangen. Auch, dass er ihr alles erzählt hatte, kam zur Sprache.

„Es ist fast schon unfassbar, wie gut es dir geht. Ich freue mich so sehr für dich … euch!", Josh war noch immer hin und weg, denn er kannte es, dass Aiden nach seinen Erzählungen nur noch schlechter dran war.

„Ich kann es selbst kaum glauben, aber es war richtig befreiend mit ihr darüber zu reden. Als hätte sie all das Schlechte aus mir rausgenommen."

„Sie ist ein Engel!", Samy nahm sie in den Arm und gab ihr einen Kuss auf die Schläfe.

„Jetzt hört endlich mal auf, ich werde ja schon ganz rot! Lasst uns lieber den Tag planen!", da Anna gestern nicht mit Samy in die Bar konnte, beschloss sie, am Abend mit ihr zu fahren. Josh und Aiden riefen Jacob und Nathan an und verabredeten sich zu einem Männerabend mit Spielkonsole und Bier. Da bis zum Abend hin noch viel Zeit war, spielten sie noch ein paar Spiele, unterhielten sich über Gott und die Welt und schauten zum Schluss noch eine DVD. Als sie sich verabschieden wollten, zog Aiden Anna in ihr Zimmer.

„Engel, pass bitte heute Abend auf dich auf! Du glaubst nicht, wie gerne ich mit dir kommen würde, um jedem zu zeigen, dass du an meine Seite gehörst!", sie legte ihre Arme um seinen Hals und sprach ganz nah an seinen Lippen.

„Irgendwann wirst du das können, da bin ich mir sicher!", sie küssten sich leidenschaftlich und Anna wollte ihm mit aller Kraft zeigen, dass sie nur ihm gehörte.

„Außerdem sieht mir jeder auf hundert Meter Entfernung an, dass ich über beide Ohren verliebt bin."

„Anni, wir müssen los!", Samy steckte ihren Kopf durch den Türspalt und strahlte ihnen entgegen. Schnell gaben sie sich noch einen Kuss und verabschiedeten sich für die nächsten Stunden.

Als Anna und Samy in den frühen Morgenstunden die Wohnung wieder betraten, herrschte absolute Stille. Auf leisen Sohlen gingen sie ins Badezimmer und zogen sich für die ‚Nacht' um. Als sie die Tür wieder öffneten, stand Aiden vor ihnen und nah Anna sofort in den Arm.

„Wie war euer Abend?"

„Einfach super! Die Bar ist toll und Samys Arbeitskollegen sind richtig nett. Wir hatten wirklich viel Spaß! Wie war es bei euch?"

„Eigentlich wie immer. Wir saßen nebeneinander, haben gespielt, Bier getrunken und ziemlich viel geflucht. Ach ja, Samy? Josh hatte ein bisschen zu viel … ich habe ihn eben ins Bett geschickt! Mach dich schon mal auf schlechte Laune am Morgen gespannt!", neckisch lächelte er sie mit hochgezogener Augenbraue an und Samy verdrehte genervt die Augen.

„Na super! Josh ist nicht zu ertragen, wenn er einen Kater hat. Ich gehe mal nach ihm gucken, gute Nacht euch!", Anna und Aiden wünschten auch ihr eine gute Nacht und gingen in ihr Zimmer.

„Hast du denn auch etwas getrunken?"

„Nein, irgendwie weckt Alkohol schlechte Erinnerungen in mir. Ich habe ihn wahrscheinlich zu oft und zu lange konsumiert! Und du?"

„Auch nicht, ich bin immerhin noch keine einundzwanzig."

Sie kuschelten sich gemeinsam ins Bett und küssten sich in den Schlaf.

## 01. Mai 2016

Als Anna die Augen öffnete, lag Aiden noch schlafend neben ihr und sah einfach unwiderstehlich aus. Seine Haare waren wie immer perfekt durcheinander, auf seinen Lippen lag dieses leichte Lächeln, dass Anna um den Verstand brachte. Seine starke Brust hob und senkte sich bei jedem Atemzug und zu hören war nur dieses leichte Röcheln, ohne das sie wahrscheinlich nie wieder einschlafen könnte. Er war durch und durch ihr Traummann und ihre Gefühle hatten sich noch verstärkt, seit er vollkommen ehrlich zu ihr war. Dieses Vertrauen, das er ihr gegenübergebracht hat, war von so großer Bedeutung für sie, denn jetzt war sie sich sicher, dass sie alles für den Umzug tun wird. Sie wollte bei ihm sein, bei Samy sein und das am liebsten für immer. Sie beschloss, schon am nächsten Tag mit Samy in die nächste Universität zu fahren, um sich zu informieren. Als Aiden noch nicht den Anschein machte, dass er in den nächsten Minuten aufwachen würde, beschleunigte sie das Ganze und weckte ihn mit vielen kleinen Küssen auf seinem Gesicht, wie er es am liebsten mochte. Seine Miene verzog sich direkt zu einem Lachen, er packte Anna noch mit geschlossenen

Augen und zog sie auf sich, was ihr einen kurzen Schrei entlockte.

„Du kannst mich doch nicht immer so erschrecken!"

„Das ist nicht meine Absicht, aber ich kann dir einfach nicht widerstehen. Wenn du mich küsst, bleibt mir nichts Anderes übrig, als dich sofort zu packen und so fest an mich zu drücken, wie es nur möglich ist!"

„Du könntest mir wenigstens vorher ein Zeichen geben!", lachend kuschelte sie sich an seine Brust und konnte ihr Glück noch immer nicht fassen, so einen tollen Mann an ihrer Seite zu haben.

„Weißt du eigentlich, wie sehr ich es liebe, jeden Morgen neben dir aufzuwachen?", verliebt drückte er ihr mehrere Küsse auf Scheitel und Stirn.

„Was würdest du denn davon halten, wenn wir jeden Morgen so aufwachen könnten? Also, nicht nur die nächste Woche ...", in diesem Moment wurde ihr bewusst, dass sie in genau einer Woche schon zurückfliegen sollte und nichts mehr wollte, als hier zu bleiben.

„Ich würde alles dafür geben. Anna, ich weiß nicht, wie ich es ohne dich aushalten soll, und habe sogar schon überlegt, mit dir nach Deutschland zu kommen. Für dich würde ich um die halbe Welt fliegen, mich sogar in ein Auto setzen! Ich kann und möchte nicht mehr ohne dich sein!"

„Aiden, ich weiß gar nicht, was ich sagen soll! Aber du musst die Strapazen nicht auf dich nehmen, denn mein Entschluss steht fest. Ich werde zu dir ziehen ... zu euch! Samy und ich haben schon einiges in die Wege geleitet und uns informiert, morgen wollte ich mit ihr in die Universität fahren. Auch Josh ist damit einverstanden. Meine Eltern werden zwar etwas dagegen haben, aber ich bin volljährig und kann meine eigenen Entscheidungen treffen. Und solange ich neben dir liegen kann, ist es die richtige Entscheidung!", Aidens Augen wurden groß und er wirbelte sie herum, sodass er auf ihr lag.
„Ist das dein Ernst?"
„Meinst du etwa, ich würde bei dem Thema Scherze machen? Ich kann mir einfach keine Sekunde mehr ohne dich vorstellen!"
Aidens Lippen krachten auf Annas und sie konnte sein Lächeln an ihren Lippen spüren.
„Ich liebe dich, Engel!"
„Und ich liebe dich!"

Der Tag verging schnell, denn beide Paare blieben bis in den späten Nachmittag in ihren Betten liegen und ruhten sich aus. Als alle am Abend zusammen Pizza bestellten und es sich vor dem Fernseher bequem machten, sprach Anna den geplanten Umzug an. Alle freuten sich riesig und sie fingen an, Pläne zu schmieden. Josh, der immer noch unter seinem Kater litt, verabschiedete sich schon ziemlich früh und ging in sein Zimmer. Auch Aiden ließ den Mädels etwas Zweisamkeit und zog sich in sein Zimmer zurück.

„Anna, du siehst so glücklich aus! Ich kann mir das alles hier ohne dich nicht mehr vorstellen, du hast mir die letzten Monate so gefehlt. Weißt du schon, wann du es deinen Eltern sagen willst?"

„Ich glaube, dass ich es ihnen persönlich sagen werde. Samy, ich habe richtig Angst vor ihrer Reaktion. Was ist, wenn sie irgendwelche Gründe finden, aus denen ich dann nicht zu euch kann?"

„Das werden sie nicht. Du kannst selbst für dich entscheiden, und wenn sie merken, wie ernst du es meinst, dann stimmen sie schon zu! Sie sind deine Eltern, sie wissen, was gut für dich ist! Und in diesem Fall sind es halt New York, Aiden und meine Wenigkeit!", sie nahm Anna in den Arm und diese schmiegte sich an ihre Schulter.

„Kannst du nicht einfach für mich nach Deutschland fliegen und alles abklären? Du warst schon immer viel besser in so was. Außerdem mache ich mir jetzt schon Sorgen um Aiden. Meinst du, er wird alles gut verkraften? Ich weiß ja nicht, wie lange ich weg sein werde und … ob ich überhaupt wiederkommen kann!", Anna wusste, dass ihre Sorgen berechtigt waren.

„Du wirst wiederkommen, da bin ich mir sicher! Und um Aiden kümmern wir uns in der Zeit, viel schlimmer als vor dir kann es nicht werden!"

Samys Beruhigungsversuche funktionierten und Annas Sorgen wurden weniger. Sie saßen noch gut eine Stunde zusammen, bis beide müde ins Bett gingen.

Als Anna das Zimmer betrat, lag Aiden mit einem Buch auf dem Bett und schaute sie aus müden Augen an.

„Du bist ja noch wach!"

„Engel, mir ist heute klar geworden, dass uns nur noch eine Woche bleibt. Da möchte ich gerne mit dir zusammen einschlafen und auch aufwachen!"

Sie schmiss sich zu ihm aufs Bett, nahm ihm sein Buch ab und kuschelte sich an seine Brust.

„Geht mir genauso!"

Sie küssten sich noch liebevoll, bevor sie ihre Augen schlossen und gemeinsam einschliefen.

## 02. Mai 2016

Anna fühlte schon das Aiden sie ansah, bevor sie ihre Augen öffnete. Auch wenn es ihr sonst unangenehm war, wenn sie beobachtet wurde, bei Aiden liebte sie dieses Gefühl. Sie gähnte auf und sah ihn an.

„Du bist so wunderschön, ich könnte dich den ganzen Tag nur anschauen!"

„Nur anschauen gibt es nicht, du musst mich auch zwischendurch küssen!", sie legte ihre Arme um seinen Hals und presste ihre Lippen auf seine. Sofort nahm er sie fest in seinen Arm und zog sie auf sich.

„Nichts lieber als das!", seine Stimme war rau und dunkel, mit seiner Hand in ihrem Nacken dirigierte er den Kuss und brachte Anna fast um den Verstand. Seine Bartstoppeln kratzten an ihrem Kinn und sein Atem kitzelte an ihren Lippen, jedes Gefühl wurde durch seine Berührungen verstärkt. Er fuhr mit seinen Händen an Annas Seiten herab, legte sie auf ihren Rücken und streichelte sanft auf und ab. Der Kuss wurde immer leidenschaftlicher und fordernder, als sie ihn plötzlich unterbrechen mussten, da es an der Tür klopfte.

„Anna? Bist du schon wach?", Samy stand noch vor der Tür und betrat es erst, nachdem Anna ihr antwortete.

„Ja, komm doch rein!"

„Ehm ... störe ich grade bei irgendwas?",
sie hielt sich lachend die Augen zu und
zeigte mit ihrem Finger zwischen beiden hin
und her. Noch immer lag Anna auf Aiden
und die Pose hätte nicht eindeutiger sein
können. Als die beiden sich lachend
voneinander lösten, stand Anna auf, nahm
Samy an der Hand und führte sie aus dem
Zimmer, da sie sich noch immer die Augen
zuhielt.

„Anni, das sah ja richtig heiß aus! Wolltet
ihr etwa grade ...?"

„Nein! Also ... keine Ahnung. Ich glaube
nicht. Woher soll ich wissen, ob er es auch
will?"

„Das heißt, du willst es?", Samy Augen
wurden groß und sie war kurz davor, vor
Freude laut zu quieken. Weil Anna ahnte,
dass es so jeder mitbekommen würde, zog
sie Samy ins Badezimmer und sie redeten
dort weiter.

„Ja, irgendwie schon. Ich weiß, dass er ‚der
Eine' für mich ist und außerdem habe ich
so ein Verlangen nach ihm, das ist nicht
mehr normal! Seit er ohne Shirt vor mir
stand, kann ich mir kaum etwas Anderes
vorstellen! Oh Gott, er ist so heiß!", sie
schlug ihre Hände vor ihren Mund und fing
an zu kichern, auch Samy fing lauthals an
zu lachen.

„Ja, da muss ich dir recht geben, er ist
*richtig* heiß. Im Sommer habe ich ihn mal
oben ohne gesehen, da kam er aus der

Dusche und ist in sein Zimmer gegangen. Sagen wir mal so, ich bin gegen den Türrahmen gelaufen, weil ich nicht wegggucken konnte." Mittlerweile lachte auch Anna und hielt sich den Bauch; sie konnte sich Samy zu gut dabei vorstellen.

„Finger weg!", gespielt drohend fuchtelte sie mit ihrem Zeigefinger vor Samys Gesicht.

„Wart ihr denn eben das erste Mal in so einer Situation?"

„Ehrlich gesagt, es gab schon zwei solcher Situationen...", peinlich berührt sah sie zu Samy. Nicht, weil ihr die Situationen peinlich waren, sondern weil sie ihr noch nichts davon erzählt hatte.

„Was? Und du sagst nichts?"

„Das ist alles irgendwie so untergegangen! Es ist noch nicht lange her und kurz danach hat er mir von seiner Vergangenheit erzählt. Irgendwie hatte ich dann andere Gedanken im Kopf."

„Ist ja schon gut, ich kann dich verstehen! Dafür will ich jetzt alles ... wirklich *alles* ... wissen! Bis ins kleinste Detail!", Anna fing an sich die Haare zu machen und erzählte ihr alles, was bisher geschehen war. Samy, die sich in der Zeit um ihre Fingernägel kümmerte, hörte gespannt zu und unterbrach sie mehrmals, um wirklich jedes Detail zu erfahren. Als sie alles erzählt hatte, sah sie Samy fragend an.

„Und? Was denkst du?"

„Was ich denke? Meine Güte, Anni, er will es mindestens genauso sehr wie du! Immerhin hast du das auch ziemlich genau gespürt, oder?", sie zwinkerte und Anna verstand sofort. Seine Erregung war überdeutlich zu spüren. Sie nickte und zog sich weiter an, denn sie wollten in wenigen Minuten zur Universität aufbrechen.

„Samy? Darf ich dich noch etwas fragen?"

„Du darfst mich alles Fragen, das weißt du doch!", peinlich berührt sah sie Samy an.

„Tut es ... sehr weh?"

„Anni, mach dir keine Sorgen. Du liebst ihn, also wird es wundervoll werden! Kannst du dich noch an mein erstes Mal erinnern?"

„Du meinst, also du auf Jasmins Hausparty mit ihrem Bruder verschwunden bist und wir alle im Wohnzimmer saßen, euer Stöhnen hören konnten und es peinlicher nicht hätte sein können?"

„Ja, genau das meine ich!", beide lachten schallend los und konnten sich erst nach langer Zeit wieder beruhigen.

„Ich war damals total verknallt in ihn und er hat das ausgenutzt, trotzdem hätte es mich schlechter treffen können. Immerhin war er verdammt heiß und zwei Jahre älter als ich, außerdem war sein Schwanz so klein, dass ich ihn eh kaum gespürt habe!", sie stellte mit Daumen und Zeigefinger die Größe nach und Anna prustete los.

„Na super, dann bist du keine große Hilfe! Ich durfte schon spüren, was da auf mich zukommt und das war mächtig groß!", sie vergrub immer noch lachend ihr Gesicht in die Hände und fing gespielt an zu weinen.

„Anni, freu dich einfach drauf! Du wirst dein erstes Mal mit jemandem erleben, der dich genauso sehr liebt, wie du ihn. Das ist etwas Besonderes! Sei einfach du selbst!", sie zog Anna zu sich und umarmte sie schwesterlich.

„Und jetzt ist Schluss mit der Gefühlsduselei, wir haben eine Mission zu erfüllen!"

Anna nickte ihr dankend zu und beide verließen das Badezimmer, um sich in der Küche an den schon gedeckten Frühstückstisch zu setzen.

Als alle vier satt und glücklich waren, setzten sich Aiden und Josh vor die Spielekonsole, Anna und Samy machten sich auf den Weg. Der Weg dauerte fünfzehn Minuten und Anna beschloss, dass sie sich ein Fahrrad zulegen würde. Die Universität war unglaublich groß und die vielen Menschen, die sich alleine schon draußen auf dem Gelände aufhielten, begeisterten Anna. Auch Samy kam aus dem Staunen nicht mehr raus und stupste Anna bei jeder Gelegenheit an.

„Anni, fühlst du dich auch so wohl?"
„Keine Ahnung warum, aber ... ja!"

Ihr Schritt ging schneller und sie eilten in das Informationsbüro, konnten die *hoffentlich* guten Nachrichten nicht mehr abwarten.

Als sie drei Stunden später aus dem Gebäude traten, fielen sie sich glücklich in die Arme.

„Oh mein Gott, ich hätte nie gedacht, dass es so einfach wird!"

„Ich auch nicht! Das ist Schicksal! Glaub mir, Anni. Das Schicksal möchte einfach, dass du bei uns bist!"

Hüpfend vor Freude liefen sie nach Hause, um die guten Nachrichten zu verkünden. Sie betraten lachend die Wohnung und fanden die Männer in der Küche vor, in der sie schon das Mittagessen vorbereiteten.

„Ihr habt ja gute Laune! Ich hoffe, das hat einen Grund?", Aiden legte seine Arme um Annas Taille und zog sie zu sich, um ihr einen sanften, liebevollen Kuss auf die Lippen zu drücken. Auch Josh begrüßte Samy mit einem etwas stürmischeren Kuss.

„Das hat einen unglaublichen Grund! Ich durfte mich schon in der Uni einschreiben und kann sofort beginnen, falls ich hierherziehe!"

„Falls?", Aidens Miene verschlechterte sich sekundenschnell und Samy unterbrach sie sofort.

„Sie meinte nicht, *falls* sie herzieht, sondern *sobald* sie herzieht."

„Samy hat recht! Ich werde zu dir ... *zu euch* ziehen. Egal, was kommt!"

Den weiteren Tag verbrachten sie eisessend im Park und spielend zu Hause. Bis spät in den Abend saßen sie zusammen und hatten eine Menge Spaß, bis Josh seine Samy wie ein Neandertaler auf dem Arm ins Bett schleppte.

„Sollen wir auch schlafen gehen?", Aiden zog Anna an seine Brust und strich ihr eine Strähne hinter ihr Ohr.

„Ich gehe noch kurz ins Bad und komme dann nach!", sie gab ihm einen kurzen, schnellen Kuss auf den Mund und huschte sofort ins Badezimmer. Als sie sich auf den Toilettendeckel setzte und erst mal durchatmete, wusste sie nicht, an was sie zuerst denken sollte. Wollte sie jetzt mit ihm schlafen? Die Antwort war einfach, aber, wollte er es auch? Laut Samy gab es da keine Zweifel. Was, wenn sie alles falsch macht, was man nur falsch machen kann? Oder sie ihm nicht gefällt? Sollte sie aufreizende Wäsche anziehen? Oder gar nichts?

Sie vergrub ihren Kopf in den Händen und seufzte laut auf. Vielleicht sollte sie auf Samy hören und einfach sie selbst sein, also stand sie auf, zog ihre kurze Shorts und das Bambishirt an und ging ins Schlafzimmer.

Aiden saß auf der Bettkante, nur in kurzen Shorts und einem weißen Shirt, zog sich seine Socken aus und lächelte ihr sofort entgegen.

„Da ist ja mein Bambi!", seine strahlend weißen Zähne blitzten hervor und sein raues, tiefes Lachen war jedes Mal aufs Neue bewundernswert. Er streckte die Hand nach ihr aus und zog sie näher zu sich, Anna ergriff die Chance und setzte sich rittlings auf seinen Schoß. Aiden schaute erst etwas überrumpelt, doch schnell konnte sie das aufblitzende Verlangen in seinen Augen sehen. Sie legte ihre Finger auf seine Wange, berührte sanft seine Lippen mit ihrem Mund und bat mit ihrer Zunge um Einlass. Als ihre Zungenspitzen zueinanderfanden, wurde der Kuss leidenschaftlicher und Aiden vergrub eine Hand in ihr Haar, presste sie mit der anderen näher an seinen Körper. Sie verloren sich in diesem einen Moment, in dem die Küsse, die Berührungen und auch ihr Denken immer fordernder wurden. Als sie den Saum seines Shirts umfasste und ihm tief in die Augen sah, sah sie die Zustimmung darin und zog es ihm über den Kopf. Wie beim ersten Mal konnte sie ihren Blick kaum von ihm nehmen. Sein Oberkörper war fest und doch gleichzeitig so weich. Zart erkundete sie jeden seiner Muskeln mit den Fingerspitzen, küsste seine Schulter, seinen Hals und dann wieder seine Lippen. Aidens Körper war von Gänsehaut überzogen, nie wurde er so zärtlich, erotisch und liebevoll berührt. Ein leises Stöhnen verließ seine Lippen und sein

Atem ging immer schneller. Auch sie hatte ihre Atmung kaum unter Kontrolle, konnte es nicht mehr abwarten, seine warme Haut auf ihrer zu spüren. Sie nahm den Saum ihres Shirts in die Hand, streifte es über ihren Kopf und ließ es zu Boden fallen. Nie hätte sie gedacht, dass sie mal den Mut für solch eine Aktion haben würde, aber bei Aiden fühlte sie sich sicher und geborgen. Einen kurzen Moment sahen sich beide nur an, ihre Blicke verschleiert, voller Lust und Liebe. Sie legte ihre Arme um seinen Hals, er legte seine großen Hände auf die warme, weiche Haut ihres Rückens und zog sie an seine harte Brust. Der Kuss, der darauf folgte, hätte leidenschaftlicher nicht sein können. Ihre Zungen kämpften eine gefährliche Schlacht, doch beide konnten nur gewinnen. Das Gefühl, ihn endlich ganz nah an sich zu spüren, war unbeschreiblich. Als Aiden den Griff um ihren Rücken verstärkte und mit ihr aufstand, klammerte Anna sich wie ein Äffchen an ihn und wusste nicht, was er mit ihr vorhatte. Er drehte sich halb im Kreis und legte sich mit ihr auf das Bett, kniete zwischen ihren Schenkeln und sah ihr zögernd in die Augen.

„Engel, ich weiß nicht, wie ... also ... ich habe noch nie ..."

„... ich auch nicht!", Anna unterbrach ihn und wollte ihm so seine Unsicherheit nehmen, was zum Glück auch funktionierte. Sie lächelte ihm entgegen und auch seine Mundwinkel schnellten nach oben. Er senkte seinen Kopf und küsste sie abermals, löste sich aber schnell von ihren Lippen, um mit Zunge und Lippen ihren Hals zu erkunden. Er hinterließ eine heiße Spur auf ihrer Haut, wo auch immer er sie berührte. Seine Hände streichelten ihre Seiten, den Bauch und auch ihre Brüste; ein Gefühl, das sie vorher nicht kannte, durchzog ihren Körper und machte in ihrer Mitte halt.

„Du bist so wunderschön, Anna!", seine Berührungen waren zart und vorsichtig, gleichzeitig so wild und fordernd; einfach perfekt.

„Oh, Aiden!", ihre Stimme war nur noch ein heiseres Stöhnen, als er ihre harten Nippel mit der Zunge verwöhnte. Niemals wieder wollte er etwas Anderes schmecken, als ihre Haut. Völlig außer Atmen widmete er sich wieder ihren schmalen, in seinen Augen perfekten Lippen und Anna wollte mehr. Mehr spüren, mehr lieben, mehr Aiden. Sie ließ ihre Hände an seiner Brust hinabgleiten, über seine ausgeprägten Bauchmuskeln und machte am Saum seiner Shorts halt. Sie sah ihm in die Augen und wartete seine Reaktion ab, er nickte kaum merkbar und so streifte sie ihm die Shorts langsam von der Hüfte. Keine Sekunde ließen sie sich aus den Augen. Auch, als er zwei Finger in ihre Shorts hakte und diese nach unten zog, ließ er den Blick nicht ab. Seine Hände zitterten, als er diese an ihre Wange legte.

„Ich liebe dich, Engel! Von ganzem Herzen."

Er senkte seinen Kopf und berührte sanft ihre Lippen, beide bebten vor Aufregung und Verlangen. Ihre Hände krallten sich in sein Haar, denn so konnte sie den Kuss dirigieren. Ihr Zungenspiel wurde wilder, die Atmung wieder schneller, mehr Aufregung machte sich breit. Sie wollte ihn endlich spüren, komplett, und ihm ging es nicht anders. Eng umschlungen und vollkommen nackt lagen sie da. Er auf ihr, sie unter ihm. Sie konnte seine Erregung an ihrer Mitte spüren und wünscht sich nichts sehnlicher, als das er endlich in sie eindrang. Den Gedanken kaum zu Ende geführt, positionierte er sich vor ihrem Eingang und stieß langsam in sie. Stück für Stück drang er ein, seine Hand noch immer an ihrer Wange, den Blick tief in ihren Augen. Er wollte ihr keinesfalls wehtun; versuchte, alles in ihrem Blick abzulesen. Mit aller Kraft hielt er sich zurück, konnte diese unbeschreibliche Gefühl ihrer warmen Höhle kaum aushalten. Als er mit seiner vollen Länge in ihr versunken war, stöhnte er tief an ihre Lippen und auch sie warf ihren Kopf in den Nacken, stöhnte die Lust aus ihr raus. Auch, wenn es im ersten Moment schmerzhaft war, jetzt wollte sie mehr. Ihn komplett in sich zu spüren, war das Beste, was sie jemals fühlen durfte. Er begann sich langsam in ihr zu bewegen und küsste sie dabei leidenschaftlich, ihr Verstand war benebelt. Sie krallte ihre Hände in seinen Rücken und ließ sich komplett fallen. Als hätten sie es schon Tausende Male gemacht, fanden sie sofort ihren Rhythmus und führten sich gegenseitig an. Sie hielten sich so fest, kein Blatt hätte zwischen sie gepasst und das hätten sie auch nicht zugelassen. In diesem Moment waren sie woanders, weit weg von Problemen und Ängsten. Die Liebe und das Vertrauen, das sich beide in diesem Moment schenkten, waren gewaltig und außergewöhnlich. Es brauchte nicht lange, bis auch er sich fallen ließ und sie gemeinsam dem Orgasmus entgegensteuerten. Die Welt um sie herum schien stehenzubleiben. Ihr warmer Atem, der seine Wange streifte und seine Hände, die überall auf ihrem Körper zu spüren waren, intensivierten beide Orgasmen und sie hielten sich fester als je zuvor. Als ihre Atmung sich wieder beruhigte und das Denken wieder klarer wurde, nahm sie sein Gesicht in beide Hände und küsste ihn lächelnd. Auch er konnte sich ein Lächeln nicht verkneifen und sah ihr glücklich entgegen.

„Aiden, das war ... perfekt!"

„Nein, Engel, *du* bist perfekt! Das war wirklich das Schönste, das ich je erlebt habe. Und ich habe dir nicht wehgetan?"

„Am Anfang hat es schon ein bisschen wehgetan, aber danach war es einfach ... unbeschreiblich!", Aiden legte sich neben Anna und zog sie, wie jede Nacht, auf seine Brust.

„Ja, das war es. Jetzt verstehe ich auch, warum Samy und Josh es so oft tun!", beide fingen an zu lachen und nahmen sich noch fester in den Arm.

„Ich liebe dich, Bambi!"

„Und ich liebe dich!"

## 03. Mai 2016

Der Kaffee schmeckte heute besonders gut. Anna saß am Frühstückstisch Samy gegenüber und konnte ihr kaum in die Augen sehen. Wenn Samy eins konnte, dann war es Annas Gedanken zu lesen. Auch zwischen Aiden und Josh war es ruhiger als sonst. Ob sie etwas gehört hatten? Immerhin hatten sie sich heute Morgen noch zwei weitere Male geliebt, direkt nach dem Aufwachen und in der Dusche. Auch wenn beide dachten, dass es nicht noch besser werden konnte, wurden sie eines Besseren belehrt. Der Gedanke daran ließ sie grinsen und just in diesem Moment ließ Samy ihr Brötchen fallen.

„Ihr hattet Sex!", mit großen Augen und breitem Grinsen sah sie zwischen Anna und Aiden hin und her. Auch Josh schaute beide genauestens an und stimmte Samy zu.

„Ja, ich glaube, du hast recht!"

Anna und Aiden sahen sich hilflos an und konnten sich das Lachen nicht mehr verkneifen. In ihrer Sache bestätigt, gaben sich Samy und Josh ein High Five und stimmten mit ein.

„Musst du immer meine Gedanken lesen?"

„Sorry, aber das war so eindeutig, da konnte ich nicht widerstehen!", Samy zwinkerte ihr lachend zu und hob ihr Brötchen vom Teller.

Aiden zog Anna an seine Brust und gab ihr einen Kuss auf den Scheitel.

„Sie hätten uns ja wenigstens ein paar Minuten Verschnaufpause geben können."

„Ein paar Minuten? Heißt das, ihr habt eben erst ...", Josh sah Aiden mit großen Augen an.

„Nicht zum ersten Mal!", er zwinkerte ihm zu und konnte sich das Kichern nicht verkneifen. Auch Anna stimmte mit ein und gab ihm einen Kuss auf die Wange.

„Oh mein Gott! Samy, wir haben Monster erschaffen!", gespielt ängstlich versteckte er sich hinter der kleinen Samy und formte mit seinen Fingern ein Kreuz.

„Erschaffen?"

„Naja, immerhin haben wir euch beiden den nötigen Schubser gegeben. Sonst hättet ihr euch doch nie getraut!", beruhigt, dass auch Aiden sich einen Rat geholt hat und daher wahrscheinlich genauso viel Angst hatte wie Anna, schenkte sie sich noch einen Kaffee ein und wollte vom Thema ablenken.

„Was machen wir denn heute Schönes?", sofort meldete sich Samy aufgeregt zu Wort.

„Also, da ich ja morgen Geburtstag habe, brauche ich heute *un-be-dingt* einen Beautytag! Leihst du mir deine Freundin für ein paar Stunden?"

„Ausnahmsweise, obwohl sie keinen Beautytag nötig hat!", Samy und Josh fingen sofort genervt an zu seufzen, doch

Anna strahlte ihn an und gab ihm einen Kuss. Diesen Mann musste man einfach lieben.

Nach mehreren Haarkuren, Gesichtsmasken, Nagellackeskapaden und sehr detaillierten Gesprächen über die vergangene Nacht, saßen Anna und Samy mit je einem Glas Sekt auf dem Sofa und schauten einen Liebesfilm.
„Hast du heute schon mit deinen Eltern telefoniert?"
„Ich habe ihnen heute nur eine kurze Nachricht geschrieben. Ist es normal, dass ich ein schlechtes Gewissen habe? Ich meine, ich plane mein komplettes Leben neu und das hinter ihrem Rücken."
„Das musst du nicht haben! Immerhin ist es dein Leben und du solltest das tun, was du für richtig hältst! Außerdem, wenn deine Eltern sehen würden, wie glücklich du hier bist, würden sie es dir eh erlauben. Ich habe dich vorher noch nie so strahlen sehen und ich kenne dich schon lang genug!", Samy hatte recht. Ihr ging es verdammt gut; so gut, wie noch nie zuvor.
„Du musst jetzt einfach mal egoistisch sein, schon früher hast du immer nur an andere gedacht, jetzt bist du mal dran!", sie nahm Anna in den Arm und verteilte wilde Küsse auf ihrer Schläfe, bis sie ein Räuspern vernahmen.

„Ladys, euch kann man auch keine Stunde alleine lassen, ohne das ihr übereinander herfallt!", Josh und Aiden standen in der Tür und waren sichtlich amüsiert. Sie setzten sich zu ihnen ins Wohnzimmer und alle zusammen sahen sich noch einen Film an. Kurz vor Mitternacht machten sich alle bereit, Samy zum Geburtstag zu gratulieren. Als Erstes durfte natürlich Josh, er zog sie in eine Umarmung und verteilte viele Küsse auf ihrem Gesicht. Anna war die Nächste und Samy sprang ihr förmlich in die Arme. Auch Aiden umarmte sie, zwar nur kurz, aber niemand hätte überhaupt mit einer Umarmung gerechnet. Als die Geschenke verteilt waren und alle mit großer Freude ausgepackt wurden, verabschiedeten sich alle ins Bett und schliefen sofort ein.

## 04. Mai 2016

Anna und Aiden wurden von lautem Gepolter und noch lauteren Flüchen geweckt. Als Anna aufstehen und nachgucken wollte, zog Aiden sie zurück an seine Brust und umfasste sie so fest, dass sie sich nicht lösen konnte.

„Es ist noch viel zu früh zum Aufstehen!"

„Du hast doch selbst gehört, dass in der Küche irgendwas vor sich geht. Ich schaue nur kurz nach!", knurrend stimmte er ihr zu und ließ sie frei.

„Samy? Alles gut bei dir?", sie stand in der Küchentür und schaute Samy dabei zu, wie sie mit aller Kraft versuchte, eine Packung Mehl zu öffnen.

„Nein, ich bekomme dieses verdammte Dingen hier nicht auf!", sie zog immer fester daran und Anna nahm ihr die Verpackung ab. Immerhin wusste sie, wie schnell man damit die ganze Küche einsauen konnte. Sie nahm eine Schere und schnitt ein kleines Loch in die Seite.

„Danke, auf die Idee wäre ich nicht gekommen. Ich bin einfach so aufgeregt, immerhin kommen heute Joshs Eltern und auch meine Tante vorbei."

„Warum hast du denn nicht früher Bescheid gesagt? Du weißt doch, dass ich gerne backe!"

„Ich wollte euch nicht stören!"

„Samy, du hast heute Geburtstag, da darfst du mich auch mal stören! Ich mache mich kurz frisch und dann backen wir zusammen."

Als Anna die Küche wieder betrat, saßen Josh und Aiden schon bei Samy, tranken Kaffee und belächelten ihre Backkünste. Aiden zog sie in eine kurze Umarmung und gab ihr einen Kuss auf den Scheitel, ließ sie dann aber schnell zu ihrer Freundin, die planlos vor einer Rührschüssel stand.

„Anna, ich brauche dringend Hilfe! Wie, um alles in der Welt, trennt man Eier?", über Samys Verzweiflung kichernd, nahm sie ihr die Eier aus der Hand und erledigte auch den Rest für sie.

„Ich bin so gespannt, was Mum und Dad zu deiner ‚Verwandlung' sagen werden. Hast du dir eigentlich noch mal Gedanken gemacht, wegen heute Abend?", Josh sah Aiden fragend an und auch die Mädels drehten sich zu ihnen rum.

„Ehm … ich weiß es nicht … ich … ich glaube, ich werde es … versuchen?", unsicher sah er zu Anna, die noch kaum realisiert hatte, was seine Sätze bedeuteten.

„Das heißt, du willst heute Abend mitkommen? In die Stadt?", Samy sah ihn ungläubig an und nahm Anna an die Hand.

„Ich kann nichts versprechen, aber ich werde es versuchen!"

Samy sprang vor Freude in die Luft und auch Josh klopfte Aiden anerkennend auf den Rücken. Nur Anna stand noch stocksteif auf einer Stelle, rührte sich keinen Zentimeter und starrte Aiden an.

„Engel?", Aiden stand auf und ging auf sie zu, legte ihr eine Hand an die Wange und zog sie in eine Umarmung.

„Engel, es tut mir leid. Ich habe gestern mit Josh darüber geredet und hätte es dir gestern Abend schon sagen sollen. Ich möchte einfach keinen Abend ohne dich verbringen. Außerdem kann ich so jedem zeigen, das du zu mir gehörst!", er lächelte sie beruhigend an und auch ihre Miene erhellte sich.

„Das ist es nicht, Aiden! Du musst mir nicht alles sagen, was du mit Josh besprichst. Ich bin einfach nur so überwältigt … so glücklich und kann es noch nicht glauben!", mit Tränen in den Augen kuschelte sie sich an seine Brust, er drückte sie fest an sich.

„Ich habe dir letztens noch gesagt, dass ich alles für dich tun würde. Das ich mich sogar in ein Auto setzten würde! Jetzt ist es an mir, dir genau das zu beweisen."

„Du musst mir nichts beweisen, ich weiß doch schon jetzt, dass du mein Traummann bist!", liebevoll und zärtlich küssten sie sich, blendeten alles um sich herum aus und bekamen nicht mit, das Samy und Josh die Küche verließen. Nach mehreren

Minuten, in denen sie sich vollkommen den Küssen und Berührungen hingaben, lösten sie sich voneinander und sahen einen Zettel, der auf dem hohen Küchentisch lag.

*Josh und ich sind im Schlafzimmer, er hat noch ein ‚Geschenk' für mich! Das mit dem Kuchen schafft ihr schon! Bussi* ☺

„Wir müssen wirklich besser auf unsere Umgebung achten, wenn wir uns küssen!", lachend schüttelten beide den Kopf.

„Wie wäre es, wenn du duschen gehst und ich in der Zeit den Kuchen backe? Dann haben wir danach noch etwas Zeit zu zweit." Sie zwinkerte ihm zu und stellte sich auf Zehenspitzen, um ihre Arme um seinen Hals zu legen.

„Bessere Idee: wir backen den Kuchen und gehen danach zusammen Duschen?", jetzt war es an ihm, sie anzuzwinkern.

„Die Idee gefällt mir noch besser!", nach einem weiteren, wilderen Kuss fingen sie an zu backen. Der Kuchen war schnell im Ofen und die Backzeit wurde durch eine ausgiebige Dusche zu zweit überbrückt.

„Bist du schon aufgeregt?", Samy stand vor dem Spiegel und tuschte ihre Wimpern.

„Warum sollte ich denn aufgeregt sein?", Anna, die mit einem Lockenstab etwas Volumen in ihre Haare brachte, sah sie verwirrt an.

„Immerhin lernst du heute deine Schwiegereltern kennen! Klar, es sind nicht seine richtigen Eltern, aber für sie ist er wie ein Sohn."

Darüber hatte Anna sich noch keine Gedanken gemacht und ein wenig Aufregung machte sich in ihr breit.

„Keine Sorge, sie werden dich lieben! Immerhin bist du Aidens Engel ... unser aller Engel!", sie lächelte Anna so positiv an, dass sie keine Chance hatte, an ihr zu zweifeln. Es klopfte an der Tür und Joshs Kopf tauchte auf.

„Baby, meine Eltern sind da und stiefeln grade die Treppe hoch. Bist du fertig?"

„Ja, ich komme sofort!"

Sie schenkte Anna noch ein aufbauendes Lächeln und verschwand aus dem Bad. Da auch Anna schick genug war, setzte sie sich zu Aiden ins Wohnzimmer und kuschelte sich an ihn.

„Engel, du siehst wunderschön aus. Du wirst heute Abend alle Blicke auf dich ziehen, da bin ich mir sicher."

„Das sagst du jetzt schon? Dann solltest du erst mal das Kleid sehen, das ich mir extra für heute Abend gekauft habe!", sie zog eine Augenbraue nach oben und schmunzelte ihn an.

„Ich kann es kaum erwarten!", er packte sie an Knie und Hüfte, zog sie seitlich auf seinen Schoss und presste seine Lippen auf ihre, seine Arme umschlungen ihren zarten

Körper. Wieder blendeten sie die ganze Welt aus, bis sie einen kreischenden Schrei vernahmen. Sie schreckten beide zusammen und sahen panisch zur Tür, in der Joshs Mutter stand; die Hände vor den Mund geschlagen. Joshs Vater stand hinter ihr und machte so große Augen, dass man glauben konnte, sie fallen aus seinem Kopf.

„Aiden, du ... du ...!"

„Ehm ... ja, Mum. Ich wollte es dir am Telefon nicht sagen, aber bei Aiden hat sich so einiges geändert. Also ... Überraschung!", Josh und Samy sprangen an ihnen vorbei und präsentierten mit offenen Armen das vor Peinlichkeit rot werdende Paar. Aiden gab Anna noch einen Kuss auf die Schläfe, stellte sich mit ihr zusammen hin und ging auf Evelyn und Michael zu. Er zog beide in eine Umarmung und Joshs Eltern fingen sofort an zu weinen, kannten diese Nähe zu ihm nicht.

„Ich weiß, das kommt sehr spät, aber ... Danke! Danke für einfach alles. Ihr habt mein Leben gerettet und musstet so viel mit mir durchmachen!", auch bei Aiden löste sich eine Träne.

„Es tut mir leid, dass ich es euch nicht früher sagen konnte!", er löste sich aus der Umarmung und schaute zwischen beiden hin und her, schenkte ihnen ein Lächeln.

„Oh mein Gott, Sohn. Du lächelst! Wie ... du ...", Michael fand einfach nicht die richtigen Worte, also übernahm Aiden für ihn.

„Darf ich euch beide den Grund meiner Veränderung vorstellen?", er nahm Annas Hand und zog sie vor sich.

„Das ist Anna, Samys beste und meine feste Freundin!", sie wollte Evelyn die Hand geben, doch diese fiel ihr schluchzend um den Hals.

„Ich habe doch gesagt, sie wird nur heulen und Anna nicht mehr loslassen!", Josh nahm Samy in den Arm und wischte sich eine Träne weg. Auch den beiden ging die ganze Sache sehr nah.

„Möchtet ihr uns vielleicht erzählen, wie es dazu gekommen ist?", bevor Anna oder Aiden antworten konnten, mischte sich Samy ein.

„Wie wäre es, wenn wir alles bei Kaffee und Kuchen besprechen? Der Tisch ist schon gedeckt!", sie deutete auf die große Tafel und alle setzten sich brav hin, immerhin hatte das Geburtstagskind gesprochen. Auch Samys Tante betrat das Wohnzimmer und wurde herzlich von allen begrüßt.

„Samy, ich hoffe, du hast nichts dagegen, dass wir an deinem Geburtstag die Aufmerksamkeit Aiden schenken. Wir wollen nur unbedingt erfahren, was mit ihm passiert ist."

„Das stört mich überhaupt nicht! Ich höre die Geschichte der beiden so gerne, ihr werdet sie lieben!", sie drückte Anna einen

Kuss auf die Wange und boxte Aiden an die Schulter, der daraufhin anfing zu lachen. In diesem Moment schluchzte Evelyn wieder auf.

„Es tut mir leid, aber das ist alles so neu … so anders! Dein Lachen, es ist … wunderschön!", er nahm ihre Hand und drückte sie leicht, was sie wieder aufschluchzen ließ. Als alle Kaffee und Kuchen vor sich hatten, begannen Anna und Aiden mit ihrer Geschichte. Ständig wurden sie unterbrochen, weil Evelyn entweder anfing zu weinen, eine Frage hatte oder einfach nur verliebt seufzte. Auch wenn sie oft unterbrochen wurden, Anna und Aiden hatten nur Augen für sich. Jedes Wort, das sie aussprachen, galt nur dem anderen.

„Ich wusste von der ersten Sekunde an, dass du etwas Besonderes bist. Ich habe es mit jeder Faser gespürt. Ich liebe dich, Engel." Er nahm ihr Gesicht in beide Hände und küsste sie liebevoll und sanft, als wäre niemand anderes im Raum. Nur das Schluchzen und Seufzen der anderen riss sie aus ihrer Traumwelt.

„Das mit euch, das ist für immer. Da bin ich mir sicher!", Evelyn nahm Annas, wie auch Aidens Hand und für einen kurzen Moment, war alles ganz still. Bis Josh das Wort ergriff.

„Ich bin jedenfalls froh, dass alles so gekommen ist. Ich habe nämlich noch ein ganz besonderes Geschenk für Samy, das ich ihr ohne Anna niemals hätte machen können." Er stand auf und holte einen großen Briefumschlag aus dem Schrank. Nur Aiden und Anna waren eingeweiht. Samy nahm ihn schnell an sich, öffnete ihn, las die Karte darin und fiel Josh kreischend um den Hals.

„Ist das wahr? Wir fahren für zwei Nächte in dieses wahnsinnig teure Hotel?"

„Ja, schon morgen geht es los!", sie überdeckte ihn mit Küssen und alle freuten sich für die beiden. Jetzt, da Anna bei Aiden war, konnten Samy und Josh das erste Mal in den Urlaub fahren. Noch lange saßen alle zusammen, sprachen über Samys Arbeit, Joshs Beförderung, Annas Vorhaben zu ihnen zu ziehen und Aidens Wunsch, den heutigen Abend mit allen in einem schicken Restaurant zu verbringen.

„Meinst du, ich gefalle ihm so?"

„Anni, wäre ich nicht mit Josh zusammen, ich würde bei diesem Anblick das Ufer wechseln!", sie standen beide vor dem großen Spiegel im Badezimmer und betrachteten sich. Samy sah in ihrem knappen, pinken Kleid einfach unglaublich frech und sexy aus. Anna hingegen wirkte in ihrem weißen Kleid wie ein Engel. Ein ziemlich heißer Engel. Ihre Locken fielen lang über ihre Schulter und ihre Brüste wurden perfekt in Szene gesetzt. Ihre Beine wirkten mit den hohen Schuhen ellenlang und der Stoff lag angenehm auf ihrer Haut.

„Was meinst du, sollen wir uns den anderen präsentieren?", Samy nahm ihre Hand und Anna nickte ihr zu. Sie gingen ins Wohnzimmer und trafen dort nur auf Josh und seine Eltern.

„Wow, ihr seht unglaublich aus!", alle stimmten Josh zu und die Mädels fingen an zu kichern.

„Wo sind denn Kate und Aiden?"

„Kate ist nach unten gegangen, sie wollte sich auch noch umziehen und Aiden ist in seinem Zimmer. Josh hat ihm ein paar Hemden mitgegeben, die wollte er anprobieren. Er würde sich aber bestimmt über den Rat seiner Freundin freuen!", Evelyn zwinkerte Anna zu. Sie hatte gemerkt, dass sie so schnell wie möglich zu ihm wollte. Mit einem Lächeln verabschiedete sie sich und eilte in ihr Zimmer. Dort angekommen, öffnete sie die Tür, betrat das Zimmer und Aiden stand in einem schwarzen, engen, noch offenen Hemd mitten im Raum.

„Wow!", mehr konnte Anna in diesem Moment nicht sagen. Er sah so unfassbar gut aus, wie aus einer Modezeitschrift entsprungen.

„'Wow'? Du sagst ‚wow'? Hast du dich mal angesehen?", er ging auf sie zu und ließ sich vor ihr auf die Knie fallen, nahm ihre Hände und küsste diese.

„Du bist das anbetungswürdigste Wesen auf dieser Welt, und wenn wir uns nicht erst so kurz kennen würden; ich würde dich auf der Stelle fragen, ob du mich heiraten willst!", sein Blick war so ernst, dass sie es ihm einfach glauben musste.

„Aiden, auch wenn wir uns erst so kurz kennen, würde ich ja sagen!", sie zog ihn zu sich hoch und küsste ihn liebevoll. Noch immer war er viel größer als sie, selbst mit hohen Schuhen. Sie lächelten um die Wette und sahen sich verliebt in die Augen, bis es an der Tür klopfte.

„Anna? Aiden? Wir wollen in zehn Minuten los. Also ... aufhören zu fummeln und rein in die Klamotten!", Josh, der ziemlich laut sprach, damit es auch ja alle hörten, konnte vor Lachen kaum sprechen. Aiden riss die Tür auf und bewarf ihn mit einem Tacker, der auf dem Schreibtisch neben der Tür lag. Noch immer lachend ging er zurück ins Wohnzimmer.

„Ich glaube, der Urlaub wird ihm ganz guttun. Und uns auch!", selbst Aiden musste nun lachen und knöpfte sich dabei sein Hemd zu, was Anna mit einem traurigen Schmollmund kommentierte. Sie ging zum Fenster und sah verträumt hinaus, beobachtete das Treiben im Park. Als Aiden sie von hinten in den Arm nahm, ihren Hinterkopf küsste und seinen Kopf danach auf ihre Schulter legte, nahm sie allen Mut zusammen.

„Aiden? Hast du Angst?"
„Angst wovor?"
„Vor dem, was uns gleich bevorsteht. Das Autofahren, die fremde Umgebung, die vielen Menschen ..."
„... Engel, solange du bei mir bist, wird mir nichts Angst machen können! Außerdem muss ich mit, denn so, wie du aussiehst, werde ich dich vor allen Blicken fremder Männer schützen müssen!", sie drehte sich um und sah im in die Augen.
„Dann lass uns fahren!"

Wenige Minuten später, als sich alle an den zwei Autos versammelt hatten, konnte man Aiden seine Anspannung ansehen. Alle waren vollkommen ruhig, denn keiner wollte ihn in irgendeiner Weise verschrecken oder verunsichern. Doch Anna wusste, dass sie es einfach schnell hinter sich bringen mussten. Sie nahm seine Hand, öffnete die hintere Tür des Wagens von Joshs Eltern und stieg einfach ein. Sie zog ihn hinter sich her und er hatte kaum eine Chance, etwas Anderes zu tun, als ihr zu folgen. Als beide saßen, stiegen auch Evelyn und Michael ein; Samy und Josh fuhren mit Kate.
„Alles Okay bei dir?", Anna drückte seine Hand, die er noch immer festhielt.
„Ich weiß es nicht ... ich ... kannst du ...?", zitternd und stotternd verkrampfte er sich immer mehr und Anna verstand sofort, was er von ihr wollte.

Sie rutschte auf den mittleren Sitz, legte sich seinen Arm um ihre Schulter und kuschelte sich an seine Brust, die sich schnell hob und wieder senkte. Sofort verlangsamte sich seine Atmung, sein Zittern hörte auf und die Anspannung in seinem Körper verschwand. Nach zwei tiefen Atemzügen lächelte er sie an und gab Michael durch ein Nicken zu verstehen, dass sie losfahren konnten.

## 05. Mai 2016

Als Aiden die Tür öffnete, da Josh nicht mehr in der Lage dazu war, hätte er kaum glücklicher sein können. Der Abend, die Stimmung, die Fahrt, die Personen und vor allem Anna waren perfekt! Niemals hätte er sich erträumen lassen, dass er mal einen ganz normalen Abend in der Öffentlichkeit verbringt.

„Du bist der beste Bruder, den man haben kann!", lallend nahm Josh ihn in den Arm und drückte ihm einen Kuss auf die Wange. Samy und Anna konnten nicht mehr an sich halten und fingen lauthals an zu lachen.

„Ich liebe dich auch, Josh, aber du gehörst dringend ins Bett! Immerhin fährst du in wenigen Stunden in den Urlaub."

Er stützte ihn und ging Richtung Schlafzimmer, Samy lief hinter ihm her und verabschiedete sich mit einem Handkuss von Anna. Sobald sie in ihrem Zimmer war, ließ sie sich auf das große Bett fallen und atmete tief durch. Auch Aiden betrat wenige Sekunden später den Raum und legte sich neben sie.

„Aiden, ich bin so stolz auf dich! Du kannst dir nicht vorstellen, wie glücklich du mich heute gemacht hast!"

„Ohne dich hätte ich das alles nicht geschafft. Danke, dass du von Anfang an für mich da warst und mein Leben jeden Tag ein bisschen schöner machst!", er lehnte sich zu ihr und küsste sie liebevoll.

„Ich werde immer für dich da sein, das verspreche ich dir!"

Von einem Klopfen wurde sie geweckt. Vollkommen übermüdet öffnete Anna ihre Augen und sah Samy und Josh mitten im Zimmer stehen. Da sie und Aiden sich am Morgen stundenlang geliebt hatten, lag sie noch splitternackt im Bett und zog ihre Decke panisch nach oben.

„Keine Sorge, Bambi. Ich habe nichts gesehen ... leider!", mit einem Stoß in die Rippen brachte Samy Josh zum Aufschreien, was auch Aiden weckte.

„Was ist denn hier los?", noch verschlafen sah er zu Samy und Josh, dann zu Anna und vergrub kopfschüttelnd seinen Kopf in ihrer Halsbeuge.

„Wir wollten uns eigentlich nur verabschieden, wir fahren jetzt ins Hotel! Warum seid ihr überhaupt noch am Schlafen? Wir haben schon Nachmittag!"

„Sagen wir mal so; wir haben heute Morgen nicht direkt geschlafen." Anna zwinkerte beiden zu und sie verzogen angewidert das Gesicht.

„Okay, die Details könnt ihr uns ersparen." Nachdem sie sich für die nächsten Tage verabschiedet hatten, zog Aiden seine große

Liebe wieder in seine Arme und küsste sie sanft.

„Was machen wir denn die nächsten Tage? So ganz alleine?", Anna sah ihn fragend an und machte große Augen, als er sie mit dem verführerischsten Blick, den sie je gesehen hatte, anlächelte.

„Ich hätte da so eine Idee …!"

*Die nächsten Tage und Nächte verbrachten Anna und Aiden miteinander, nebeneinander, aufeinander und meistens ineinander. Sie ließen sich keine Sekunde aus den Augen, genossen jeden gemeinsamen Moment, der ihnen noch blieb.*

*Einen Tag vor Abreise kamen Samy und Josh aus ihrem Urlaub zurück. Alle zusammen fuhren zum Empire State Building, das sich Anna unbedingt noch anschauen wollte. Das alles mit Aiden zu erleben, bedeutete ihr so viel. Sie feierten ihren letzten gemeinsamen Abend zusammen in der Bar, in der Samy arbeitete, und kamen erst sehr spät nach Hause.*

# 08. Mai 2016

„Ich kann es nicht fassen, dass die drei Wochen so verflogen sind! Es fühlt sich an, als wärst du erst gestern angereist."

„Ich wünschte, es wäre so. Ich möchte nicht nach Hause; möchte nicht von euch weg. Ich werde dich vermissen, Samy!"

„Ich dich auch, Anni! Aber wir sehen uns ganz schnell wieder, da bin ich mir sicher!", sie umarmten sich so fest, wie sie es bei ihrer Verabschiedung in Deutschland taten. Nach mehreren Minuten konnte auch Josh sich von ihr verabschieden, was er natürlich nicht konnte, ohne sie nochmals mit einem frechen Spruch zu ärgern. Als ihr Flug das erste Mal aufgerufen wurde, wussten sie, dass ihnen nicht mehr viel Zeit blieb, also zogen sich Samy und Josh zurück, damit Anna und Aiden sich verabschieden konnten.

„Engel, ich kann dich nicht gehen lassen, ich bin noch nicht bereit dafür!", mit Tränen in den Augen stand er vor ihr, die Schultern und den Kopf gesenkt. Anna schlang sofort ihre Arme um ihn und fing ebenso an zu weinen.

„Ich verspreche dir, dass ich ganz schnell wieder bei dir bin! Ich werde alles dafür tun, das musst du mir glauben! Kannst du mir noch ein paar Sachen versprechen?"

„Alles, was du willst!"

„Versprich mir, dass du dir auf der Heimfahrt vorstellst, dass ich neben dir sitze, dann wird es dir leichter fallen. Versprich mir auch, dass du es die ersten Nächte ohne Alkohol und Tabletten versuchst. Lass bitte Josh entscheiden, ob und wann du sie wieder nimmst. Und versprich mir bitte auch, dass du keinen Gedanken daran verschwendest, ein schlechter Mensch zu sein. Aiden, du bist der beste Mensch, den ich je kennenlernen durfte. Vergiss das nicht." Unter Tränen nickte ihr Aiden zu, versprach ihr alles, worum sie gebeten hatte. Als der Flug zum zweiten Mal aufgerufen wurde, verabschiedeten sie sich mit einem Kuss, der für die nächsten Wochen ausreichen musste.
„Ich liebe dich, mein Engel!"
„Und ich liebe dich!"
Sie drehte sich noch einmal zu ihren Freunden um und ging weinend, aber lächelnd dahin, denn sie wusste, dass es ein schnelles Wiedersehen geben wird. Nicht nur Aiden war in der gemeinsamen Zeit ein anderer Mensch geworden, auch sie hatte sich verändert und dafür wird sie ewig dankbar sein.

# Epilog

*Vier Jahre später ...*

„Kate, hast du meine Trauzeugin gesehen?", Kate schüttelte den Kopf, genauso wie Joshs und Annas Eltern zuvor auch. Nirgends war sie zu finden und auch von ihrem Trauzeugen fehlte jede Spur. In jedem Zimmer hatte sie nachgeguckt, das ganze Gebäude auf den Kopf gestellt. Plötzlich fiel ihr etwas ein und sie stürmte die Treppen hoch zu den Toiletten. Als sie grade die Tür aufreißen und losbrüllen wollte, öffnete sie sich und Anna, gefolgt von Aiden, kamen kichernd raus.

„Du hast jetzt nicht wirklich, kurz bevor Josh und ich uns das Jawort geben, den Trauzeugen auf der Toilette vernascht, oder?", noch immer lachend nahm Anna ihre beste Freundin in den Arm und tätschelte ihr beruhigend den Rücken.

„Erstens, darf ich meinen Ehemann, wann ich will und wo ich will vernaschen und zweitens, habt ihr, als unsere Trauzeugen, dasselbe auf unserer Hochzeit gemacht. Erinnerst du dich?", auch Samy musste nun lachen und zog Anna mit sich mit.

„Ja, ich kann mich erinnern, aber trotzdem muss ich auf die Toilette und du musst mir helfen!", Anna gab Aiden noch einen

Abschiedskuss und ließ sich von Samy mitziehen.

„Siehst übrigens richtig gut aus, Zwerg!", Aidens Stimme klang so amüsiert, dass Samy das Kompliment nur mit dem Zeigen ihres Mittelfingers kommentierte.

„Hast du es ihm eigentlich schon gesagt?"

„Nein, ich wollte noch die Hochzeitsfeier abwarten. Du kennst ihn doch; er macht sich dann den ganzen Abend Sorgen, ob mir oder dem Baby etwas passieren könnte! Nachher tanzt er nicht mit mir, weil er Angst hat, dass dem Kleinen schlecht wird." Beide prusteten los und Samy fing an wie wild zu tänzeln, da sie noch immer auf die Toilette musste. Nachdem sie sich endlich erleichtern konnte, gingen sie in den Vorraum des Trauraumes, da sie nicht mehr viel Zeit hatten.

„Samy, genau vor einem Jahr standen wir hier, ich als Braut und du als Trauzeugin. Ich werde dir jetzt genau die Worte sagen, die du mir sagtest, denn sie werden mir niemals aus dem Kopf gehen." Schon jetzt kämpften beide mit den Tränen, konnten sich noch genau an das letzte Jahr und die Aufregung erinnern.

„Das du so früh heiratest, bedeutet nicht, dass du deine Freiheit aufgibst. Es bedeutet nur, dass du alles machen und tun kannst, aber dabei nie mehr alleine sein musst. Du kannst jeden Tag so leben, wie du es dir vorstellst, aber mit ihm an deiner Seite. Ihr seid füreinander geschaffen, dass wart ihr von der ersten Sekunde an. Nichts und niemand kann euch trennen. Nichts und niemand kann euch verletzen. Nichts und niemand kann euch etwas anhaben, solange ihr beieinander seid. Du bist meine allerbeste Freundin, meine Schwester. Bleib bitte immer so, wie du bist. Behalte die Brause in deinem Herzen und die Flausen in deinem Kopf. Ich werde immer für dich, für euch, Dasein. Und jetzt geh da raus und gib diesem tollen Mann das Wort, auf das er so lange gewartet hat!", Anna und auch Samy liefen Tränen die Wangen herab. Es waren genau die Worte, die Samy zu ihr sagte, als sie an diesem Punkt stand. Gegenseitig wischten sie sich die Tränen weg und fielen sich in die Arme, genossen den besonderen Moment, bis sich jemand neben ihnen räusperte.

„Entschuldigt, aber dürfte ich jetzt meine Schwiegertochter zum Altar führen?", Michael stand neben ihnen, ergriffen von der Situation und hielt Samy seine Hand hin. Nachdem sie sich ein weiteres Mal ganz fest drückten, nahm sie seine Hand und die Musik setzte ein …

Zu Hause angekommen schloss Aiden die Tür zu ihrer Wohnung auf und trug Anna über die Schwelle.

„Was soll das denn jetzt? Muss ich dich daran erinnern, dass nicht *wir* heute geheiratet haben?"

„Aber heute ist es genau ein Jahr her, dass ich dich über diese Schwelle getragen habe und ich werde es jedes Jahr aufs Neue tun!", er küsste sie zärtlich und legte sie auf ihr großes, weiches Bett. Schon wenige Wochen, nachdem Anna nach Amerika kam, bezogen sie die freie Wohnung über Samy und Josh. So waren sie nah beieinander, aber jeder hatte sein eigenes Reich.

„Das könnte aber nächstes Jahr etwas schwieriger werden."

Mit einer hochgezogenen Augenbraue sah er Anna an, denn er wusste noch nicht, dass er Vater wird.

„Weißt du, ich könnte nächstes Jahr etwas mehr wiegen und eventuell hast du dann schon jemand anderen auf dem Arm!", sie nahm seine Hand und legte sie sich auf den Bauch. Mit großen Augen schaute er sie an, verstand nun, was sie ihm damit sagen wollte.

„Engel, du bist ... wir sind schwanger?"

„Ja, Aiden, wir bekommen ein Baby!", sein Gesicht erhellte sich und er stürzte sich auf sie, verteilte jede Menge Küsse auf ihrem Gesicht und ihrem Bauch. Als er sich endlich wieder beruhigte und sie nebeneinanderlagen, streichelte er ihren Bauch und sah sie verliebt an.

„Samy weiß davon, oder?", ertappt, weil ihre beste Freundin es vor ihrem Ehemann wusste, nickte sie.

„Woran hast du es gemerkt?"

„Sie schaut mich seit Tagen irgendwie anders an, so ... zufrieden! Und das, obwohl sie im Hochzeitsstress war!", Anna gab ihm recht und kuschelte sich in seinen Arm.

„Ich hoffe, du kannst trotz der großen Nachricht gut schlafen. Als Trauzeugen müssen wir morgen beim Aufräumen helfen und so wie ich dich kenne, werde ich ab jetzt nichts Anstrengendes mehr machen dürfen!", er umarmte sie etwas fester und legte seine Hand auf ihren Bauch, gab ihr einen Kuss auf die Stirn.

„Engel, solange du neben mir liegst, werde ich immer gut schlafen können!"

# Danksagung

Vielen Dank an alle, die mich bei meinem Vorhaben Bücher zu schreiben unterstützen und diese auch lesen. Dank Lenchen, für deine guten Ideen, deine Fähigkeit, meinen Kopf zusammenzuhalten und deine aufmunternden Worte. Danke Chris, für den lustigen Abend, an dem beschlossen wurde, dass es kein Blümchensex ist, wenn im Zimmer eine Pflanze steht. Danke Kati, für deine ganzen verrückten Einfälle. Wenn wir darüber mal ein Buch schreiben sollten, landen wir in der Irrenanstalt. Danke Schnatz, für einfach alles! Ich liebe dich.

## Über die Autorin

Eni Lu wurde 1989 in einer kleinen Stadt geboren und wuchs in einem noch kleineren Dorf auf. Sie liebt das Lesen, das Schreiben und das Träumen. Des Weiteren geht sie gerne Campen, unternimmt viel mit ihrem Mann und ihrer Mutter, liebt ihren kleinen Hund und tanzt jeden Tag auf der Hintergrundmusik ihres Lebens durch die Welt.